임향 인터넷 시 소설

카 페 방
인어 낚시

카페방 훔쳐보기

　컴퓨터 창을 열면 블로그, 인터넷 게시판, 문학, 음악, 운동, 사교 등 다양한 모임의 카페가 있다. 인터넷 가상 공간에서 이용자들이 정보를 주고받으며 시공을 초월하여 의사소통을 한다.

　나는 일상에서는 물론 카페 활동을 하면서도 글감을 얻어 시와 소설 등의 작품을 쓰고 있다.

　컴퓨터 안에서 이루어지는 현실적 사랑의 한 형태, 사람들이 대거 참여하여 성문제를 해결하고자 하는 성향을 다룬 이야기도 있고, 만남에서 이루어지는 사랑 이야기는 상상의 세계로 비현실적이지만 있을 법한 일을 현실에 접목하여 사이버 공간 카페에서 볼 수 있는 진풍경을 소설화하였다.

　그간 써 놓은 작품들을 모아 시 소설 '카페방 인어 낚시'

단편모음을 선보인다.

詩 小說은 새로운 장르의 하나로 있는 이야기나 있을 법한 이야기를 작품화하여 詩 맛과 小說 맛을 동시에 느낄 수 있는 특징이 있다.

詩 小說은 그 장르가 의미하듯이 환타지적 동화적인 요소가 담긴 문장으로 글 내용 자체에서도 시적 아름다움을 느끼게 하는 상상력의 자극과 만족감을 주며 의미와 상징을 곱씹으며 읽어야 재미와 맛을 느낄 수 있다.

의미와 상징인 시적 감흥은 한 편의 시를 감상을 하는 독특한 맛을 낸다. 다시 말하여 스토리가 있는 시 또는 소설로 쓰는 시와 같은 의미가 내포되어 있다.

나는 요즘 산사에서 명상수행으로 노후를 보내고 있어 명상적 안목으로 접목시켜 내적 영혼의 성숙으로 플라토닉한 사랑으로 승화시키고자 노력한다.

끝으로 고글출판 연규석 사장님과 신동길 편집장님께 감사를 드리며 고글출판의 무궁한 발전을 가원한다.

신축년 산사 우거에서

임향 쓰다

[차례]

카페방 꼬리글 사랑

1. 해질녘 달맞이꽃 가슴에 이상형 벌새

풍자는 달맞이 꽃이다.
젊은 날은 해지기를 기다려 임을 맞고
나이 들은 지금은 잠잘 때 임 안고픈 달맞이 꽃이다.
젊은 날
큰 하늘 남편 풍식은 이름 난 풍류나비로 집밖에 있는
꽃밭에 물 주느라고
젊음을 다 퍼버린 지금은 먼저 늙어 버린 할배다.
풍자는 지금까지 빛바랜 달맞이 꽃이다.
나이 먹으면 기다림 없는 잠자는 꽃인 줄 알았으나
숫자는 점점 불어나도 맘 나이는
오히려 거꾸로 줄어들어 몸 할미 맘 소녀다.
풍자는 젊은 날의 고독을 책과 풀었고 지금은 시인이
다.

그녀의 가슴 속엔 새 한 마리가 살고 있다. 평생 반려로 살고 있는 남편의 장점과 단점을 채워 줄 이상형의 남편 상, 벌새다.

벌새는 그녀의 또 다른 작은 하늘이다.

그녀는 시를 쓸 때마다 가슴 속에 살고 있는 벌새를 향해 아름다운 세상을 향해 날아간다. 자유와 꿈이 있는 상상의 세계다.

♡달맞이꽃

청춘엔 퇴근하는 임을 향한 기다림 꽃/ 낮에도 밤을 기다리는 달맞이꽃// 중년엔 뜨거운 밤을 꿈꾸는/ 해질녘 뜰에 핀 달맞이꽃/ 지금은 달 없이도 피는/ 그믐밤에 임 그리는 달맞이꽃.

풍자는 시들어가는 꽃나이지만 아직은 여자이고 싶다는 자신을 달맞이 꽃이라 자칭하며 가슴 속 이상형의 사내, 벌새와 사랑을 꿈꾼다.

그녀는 남편 풍식을 하늘이라 불렀다. 큰 하늘이라 불렀다.

젊었을 때 남편인 하늘은 높고 푸르러 우러러 보았지

만 나이 들은 지금은 그 높고 푸르던 하늘이 가끔은 숨통을 조이는 형틀로 느껴진다. 가슴이 답답하고 심란 할 때면 그녀는 노트를 들고 무엇인가 쏟아 내야 한다. 그녀는 오늘도 서재에 앉아 있다.

　-이봐, 뭘 그렇게 쓰나? 내 흉 쓰나?-
　-알긴 아네.-
　-거. 좋은 얘기만 쓰게 혹 애들이라도 보면….-
　-한 짓은 생각이 나나 베.-
　-왜 모르겠나. 나도 사람인데….-
　-알면 늙어 가면서라도 말 한마디라도 재미….-
　-뭔 애기 할 게 있어. 묵은 답 일궈 쌈이나 하지.-
　-멋대가리라고는. 뭐 이름자가 같아서 천생 연분?-
　풍식은 아무 말 없이 골방으로 들어가 컴퓨터를 껴안는다.

　-또 그 컴퓨터? 날 좀 그렇게 안아 보지….-
　풍자의 불만이 하늘을 찌른다.

♡고독의 씨앗
나는 겉 늙고 속 안 늙는/ 몸 할미 맘 소녀/ 몸은 나이 먹어도/ 마음은 나이 먹지 않는다/ 몸과 마음이 나란히 늙지 못 함이/ 고독의 씨앗이다/ 고통이다/ 임과 내가/

나란히 늙지 못함/ 늙어 가는 길/ 몸은 앞을 달리고/ 마음은 주춤거리다가/ 이젠 아예 뒤로 돌아서 열아홉./ 그 사이에/ 외로움이 살쪄/ 가슴은 늘 시린 겨울새/ 아직도 이상형 벌새는/ 가슴 속에서 복닥거린다/ 날고 싶다고 발버둥을 친다/ 날은 저물어/ 하늘은 낮아지는데….

　　시로 속을 털어 내다말고 풍자는 풍식이가 있는 골방 문을 연다.
　　–여보, 나란히 늙지 못하는 것이 슬프다.–
　　–왜 나란히 안 늙어. 거울 봐.–
　　–겉이야 그렇지만 마음은 안 그래. 아직도 시집 올 때 그 마음이야.–
　　–또 그 소리, 평생 달고 다니는 노랜데 뭐. 누가 들으면 노망이라 한다.–
　　–꽃 한 번 제대로 못 펴서 그렇다고 위로 하면 안 돼?
　　–이 사람, 꽃을 못 피다니, 꽃피지 않았으면 열매는 어찌 맺나.–
　　–열매? 뭔 열매?–
　　–애들, 자식이라면 사족 못 쓰는 두 똘이, 미라.–
　　풍자는 대화가 막히자 긴 한숨을 쉰다.

-이봐요. 썬?-

풍자가 젊은 날 태양이라 부르던 애칭이다.

-당신 노망났어. 그냥 남들처럼 늙자.-

-당신도 오! 마이 문 하면 어디가 덧나나 남의 남편들은 늙어가면서 너무 잘 해 준다는데.-

-못 해 준 게 뭐 있어?-

-함께 찜질방도 가고 외식도 하고 카페에 가서 차도 마시고.-

-차? 집에 두고 한 잔에 6-7천 원 하는 그 비싼 차를 시간 버리고 기름값 버리고….-

-됐네요. 그놈의 컴퓨터나 끌어안고 살아요. 그 속에 옛날 그 년이 사는지….

-그 쓸데없이, 고스톱 치는 거야.-

-그놈의 컴퓨터가 놀음도 갈친데요?-

풍자는 칼바람으로 한 마디 해 붙이고는 아예 입을 닫는다.

풍자는 컴퓨터에 대하여 아무 것도 모르는 컴맹이었다. 더구나 컴퓨터만 끌어안고 사는 풍식을 보고는 가정을 파괴하는 기계라는 선입견 때문에 더 멀리 했다. 그러던 어느 날 문단 선배를 만났다.

-자네가 시인인가? 정신 연령이 20대 맞아? 실천 없는 사랑도 못 봐 주겠는데 뭐 컴맹? 요즘 누가 원고지에 쓰나. 디스켓도 퇴물 된지 오래고, 이젠 이멜로 오가는 시대야. 자네 글 쓰려면 컴퓨터부터 배워. 문명의 이기를 활용해야지. 지금이 어느 시대야. 카페 한 두 곳은 기본이고…. -

선배의 명함을 받아보니 컴퓨터 아니면 선배의 시 한 줄 읽어 볼 수 없는 세상임을 알게 되었다.

그 이후 풍자가 컴퓨터를 배우기 시작했다.

요즘 풍자는 컴맹에서 눈 뜨기 시작하는 왕초보다.

그녀가 선배가 적어준 쪽지를 들고 더듬거리며 찾아간 카페는 '시 사랑'이다. 카페에 들어서자마자 노래로 반기며 아름다운 꽃그림 위에, -어서 오십시오. 반갑습니다. 여기 '시 사랑' 카페입니다.- 순간 풍자의 가슴 속에서 벌새가 날갯짓을 하는 듯 가슴이 두근거렸다. 풍자는 자신도 모르게 가슴으로 두 손이 올라갔다.

2. 컴 바람 난 여자

'꽃소녀'라고 닉을 쓰고 카페 가입을 마치고 출근방 문을 열고 키보드를 두드렸다.

-나 왔어요.-

선배를 향한 반가운 외침이다.

그리고 다른 사람들의 인사말을 훑어보았다.

-○○입니다. 처음 뵙겠습니다. 만나게 되어 반갑습니다. 잘 부탁합니다.-

다들 정중하면서도 다정스러운 인사였다.

그런데 풍자는 달려오던 길로 문을 팍 열고 얼굴을 내민 방정스러운 인사였다. -어쩌지?- 그러나 지울 길도 없고 수정 할 방법도 모른다. 후회와 민망함을 끌고 카페 구경을 하다가 글방 문을 열려 하니 문이 잠겼다.

-권한이 없습니다.-

-흥, 누가 살 길래 문도 안 열어 주고…. 선배는 그러면서 초대?-

풍자는 컴퓨터 속에 선배가 살고 있는 집으로 생각했다.

한 참 동안 이 문 저 문 기웃거리며 문전 박대를 당하다가

-꼬리 글을 꼭 달아주세요- 라는 글을 읽고

허둥지둥 꼬리를 찾아 나섰다. 글 밑에 나란히 매달린 예쁜 글 표 앞에서 그는 그만 입을 딱 벌렸다.

-어머나, 귀여운 것들 사람 마음이 줄을 섰네.-

그날은 꼬리 글에

-너무 고운 글입니다.-

자기도 꼬리가 되어 클릭을 했더니 꽃소녀 〈나〉 톡 튀어 나왔다.

어마, 이게 뭐래. 풍자의 그 방정맞은 인사에 〈나〉가 아직도 따라다닌다.

풍자는 이제 카페 가족이 되었다. 풍자가 처음 본 이 카페는 예쁜 이름으로 사는 시인들의 마을이었다. 풍자는 첫 인상에서 많은 시상을 얻는다. 그녀는 카페 문화에 대하여 아무 것도 모르기 때문에 모두가 신기하고 새로웠다.

-호호호. 진짜는 감추고 커튼 치고 소꿉놀이 한다 이거지. 재밌겠는데.-

풍자는 글을 썼다.

♡예쁜 이름으로 사는 사람들

이름은 또 하나의 나/ 분이 철수 소년 소녀 엄마 아버지 아내 남편 선생님…./ 모두 다/ 남의 뜻으로 불러주는 이름이다// 할배는 오행과 획의 수를 보고/ 손이 귀한 마을에는/ 온통 개똥이 돼지 말순이다/ 순자 영자 미자 동자/ 자는 여자이고/ 영식 영철 주식 주철/ 식과 철은 남자다// 요즘 세대 가끔 신선한 이름/ 민들레 채송화 강노을/ 여운마저 메아리로 곱다/ 여기/ 문학 사랑 머문 터는/ 예쁜 이름들만 모여 사는/ 이름 꽃동산이다// 내 뜻과 내 꿈이 담긴 너와 내가 함께 부르는 닉네임/ 웃는 얼굴, 하늘사랑, 청솔, 강촌, 흰 구름, 바람꽃, 달님, 햇살/ 예쁜 마음, 눈꽃, 백야, 가을 낙엽, 하얀 미소, 꽃 버선, 풀 냄새 꽃소녀….// 글 향과 어우러져 부르면 향기 더 고운/ 예쁘고 아름답게 감칠맛 나는 이름들/ 철철이 새로운 행복 만들기로/ 시를 사랑하는~ 카페 가족은/ 불러 줄 때 입 웃고 들어 줄 때 귀 즐거운/ 아름다운 이름으로/ 글 샘을 가꾸며/ 가슴 뛰기로 산다.

풍자는 카페 인상을 글로 써 놓았지만 차마 올릴 용기가 나지 않았다. 며칠 카페 구경을 하고나니 자기도 글을 하나 올리고 싶은 충동이 일어났다. 모두 사랑 카페다운 사랑 시를 올렸는데 자기만 세대 차이 나는 철학, 순리, 종교 등 무게 있는 시를 올릴 수 없었다. 자기 혼자는 젊은 시를 쓴다고 생각했는데, 카페 글은 한결같이 사랑, 그리움, 이별, 고독 등이 사랑에 뿌리를 둔 몸부림으로 뒤범벅이 된 시였다. 마치 사랑 안개가 해면을 기는 듯 온 촉각이 곤두서는 감각적인 글들이었다.

풍자에게 이러한 신선한 자극은 다시 젊음을 충전하는 좋은 기회였다. 저물어가는 가슴에 다시 새 바람이 일었다. 마음에 새로운 샘물이 괴기 시작했다.

사실 풍자는 사랑에 대한 감각이 사라진지 오래다. 그러나 갈증은 났지만 남은 추억도 다 우려먹어 지금은 말라버린 아련한 그리움일 뿐 시를 적어 올릴 발동기로는 미약했다. 그러나 신선한 자극에 의해 자신에게 눈뜨게 된 풍자는 얼굴도 다듬고 옷도 화사하게 입고 외출도 하고 싶었다. 더욱 자극을 준 것은 인상적인 귀여운 꼬리 글이었다.

풍자는 한동안 남의 글 밑에 매달린 꼬리 글 읽기에 정신이 없었다. 그리곤 이 방 저 방 찾아다니며 방 익히기와 남의 글을 찾아다니며 읽는 재미에 시간 가는 줄 몰랐다. 처음엔 남의 글을 열심히 읽었다. 읽고 나면 느낌의 알갱이가 생긴다. 풍자는 잘 쓰지는 못하지만 글과 마주한 세월이 있어 꼬리 글도 쉽게 적응했다. 꼬리 글 감상은 작품과는 또 달리 현실, 읽는 사람의 마음이 비친 거울이었다. 생각과 철학이 쉽게 묻어나는 글이었다. 같은 글을 읽고도 보는 이의 가슴마다 다 다른 느낌으로 다가온다는 것을 보여주는 독자성이었다.

꼬리 글이 있는 카페, 여기서 작가와 독자가 하나 된다는 카페 문학의 특징을 알게 되었다. 특히 어떤 꼬리 글은 정을 물씬 느끼게 하는 것도 있고 혼을 통째로 놓고 간 것도 있었다. 이렇게 좋은 세상이 있다는 것을 전혀 모르고 살아온 풍자는 새 세상에 홀랑 빠져 버렸다. 풍자는 처음으로 시 한 편 올렸다.

　가슴이 두근두근했다.

♡여자가 되고 싶은 날♡: 꽃소녀
오랜만, 아주 오랜만에/ 탈잡기로/ 거울을 나무랬지/ 을 보여/ 주름살이 보인다고// 오랜만, 안주 오랜만에/ 걸고 넘기로/ 세월을 탓했지/ 너무 빨리 달려/ 검버섯을 키웠다고// 거울 앞에/ 오래 오래 앉아 있었지/ 여자가 되고 싶어서.

　처음 글을 올리자 누군가 쪼르르 달려와 꼬리 글을 매달았다.
　-어마, 벌새?-
　풍자는 벌새라는 이름에 가슴이 철렁 내려앉았다, 그리곤 막 심장이 뛰기 시작했다.

　벌새: 꽃소녀님, 글 속에서 여자의 향기가 물씬 나네

요. 예뻐지고 싶은 건. 임이 이미 여자이기 때문입니다. 희망을 가지고 고운 꿈꾸세요. 너무 고운 글, 자주 오겠습니다. 좋은 글 또 보여 주세요.

　잠자던 풍자의 가슴에 파도가 일기 시작했다. 그날 밤 풍자는 밤새도록 잠을 이루지 못했다. 첫 손님, 그도 벌새다. 늘 가슴 속에 묻고 사는 이상형의 남성상 벌새였기 때문이다. 풍자는 벌새라는 닉을 한동안 들여다보다가 벌새의 꼬리 글을 읽었다. 얼굴이 화끈거리며 붉어지기 시작했다.

　풍자는 홍조 띤 얼굴을 두 손으로 감쌌다. 가슴도 뛰기 시작했다. 가슴 속에서 그리던 벌새. 어쩌면 오랜 기다림 끝에 만난 벌새가 날갯짓을 하는 것 같았다.

　―남자일 거야. 틀림없이 남자야.―

　성을 떠올린다는 것은 풍자가 아직도 여자라는 점이다.

　풍자의 가슴 속에 살고 있던 벌새가 날갯짓을 해댔다.

　가슴이 뜨겁게 달아올랐다. 남편에게 마음 들킬세라 얼른 안방으로 들어갔다. 그러면서도 한 잠도 이루지 못했다. 새벽녘 다시 자기가 올린 시를 열었다. 일곱 개의 꼬리가 풍자를 기다리고 있었다. 어마, 어마 신기해라.

누가 내 글을 읽었네.

풍자는 신기하여 눈이 꼬리 끝에서 떨어질 줄 몰랐다. 잠깐 벌새를 잊게 했던 꼬리 글들이었다.

달님: 좋은 글 올려 주셨네요. 반갑습니다.

하늘: 나도 가끔은 여자이고 싶을 때 님과 같은 마음입니다 동감입니다.

솔방울: 임의 글에 취하다 갑니다.

선배: 오셨군요. 반갑습니다. 늦은 자리 죄송합니다. 자주 오시어 사랑 많이 주시기 바랍니다. 좋은 글 기대합니다.

청솔모: 여자가 화장을 할 때는 희망이 보일 때라는데 좋은 일이십니다.

누리: 사랑을 하면 예뻐진대요. 건필하세요.

샛별: 내 마음을 대신 써 주셨군요. 동감의 자리였습니다.

-어마, 어마, 너무 재밌다. 이 꼬리 글맛이 일미네.-
글맛을 느낀 풍자는 그제서 벌새의 꼬리 글을 찾았다.
-어? 벌새. 어제는 분명 있었는데. 어떻게 된 거지?-
이상한 일이었다. 어제는 분명히 있던 벌새의 꼬리 글

이 없어졌다. 환상이었을까. 너무도 궁금했다. 벌새….
아쉽고 섭섭했다.

　그러나 섭섭한 벌새의 자리는 다른 독자들이 메워 주
었다.

　그래도 벌새 생각이 났다. 그날은 꼬리 글이 너무도
신기해서 시를 하나 건졌다.

♡꼬리 요리♡: 꽃소녀
장어 집에 갔더니/ 꼬리에 독 드린 눈/ 꼬리 맛에/ 남은
인생을 걸었다는 갱년기 사내// 공연장에 갔더니/ 손바
닥에 귀를 느린 카나리아/ 손뼉 맛에/ 노래의 생명을 맡
긴 가수// 정가엔 머리에 목숨 걸고/ 사업가는 복주머
니에 욕심 묻고/ 학원가는 명예에 뜻을 두고/ 곳곳에 한
결 같이/ 육신을 배 불리는 독특한 먹거리// 얼굴 없는
시인들이 모여 사는/ 시를 사랑하는 시 사랑// 머리 고
기도 아니고/ 살 통통한 생선 가운데 살도 아니고/ 힘
좋은 소꼬리도 아닌/ 묘한 꼬리 요리/ 꼬리 말 맛이 일
품이라// 서로의 요리사가 되어/ 주인이 내어 놓은 요
리 감으로/ 사랑과 정성으로/ 꼬리말에 맛을 내더니//
입은 닫고 심안(心眼) 열어/ 마음으로 먹는 요리/ 서로
의 영양으로/ 맘 불려/ 아름다운 세상 만들기다// 배고

프면 살아도/ 맘 고프면 못 산다는/ 시를 사랑하는 사람들은/ 꼬리 말 맛에 힘을 얻어/ 세상의 갈증을 풀어줄 영약 빚기/ 시를 낚는 어부들// 모두가 매달린 길을 외면하고/ 거꾸리로 살더라.

또 글 밑에 올챙이처럼 오르르 몰려왔다.
하나같이 감동의 언어들이다. 소리 없는 박수였다.

-넘넘, 재밌어요. ㅎㅎㅎㅎ-
-어쩜 착안이 특이 하십니다.-
-배부르게 먹고 행복 두고 갑니다.-
-저도요. ㅎㅎㅎㅎ-
-시상이 참 훌륭합니다. 건필하세요.-
-너무 좋은 글 퍼갑니다. 꼬리 맛이 참.-
-맞아요. 우린 꼬리요리를 먹고 살아요.-
-꼬리 요리 ㅎㅎㅎ 많이 주세요.-
-냠냠. 힘내서 좋은 글 씁시다.-

'우와 신기하다.'
풍자는 계속 감탄사가 터져 나왔다. 카페 가입 초보가 인기 몰이를 하는 기분이었다. 풍자는 가슴이 부풀기 시작했다. 그러나 가끔 비몽사몽처럼 꼬리에 날아 왔던 벌새가 생각났다. 왜 안 올까? 내 글 향이 마음에 안 들었나? 그럼 처음에 달아주었던 그 마음은 무엇일까? 달았다면 왜 지웠을까? 어떻게 지워진 걸까? 혹여 내 마음을 알았나? 잡다한 상념들이 풍자를 끌고 다녔다.

꽃소녀 풍자는 요즘 어떻게 시간이 가는 줄 모른다. 자기 시를 읽어주는 독자들이 있다는 것은 시인으로서의 최고의 행복이다, 더구나 가슴 속에 살고 있는 벌새가 환생하여 온 듯 꼬리 글을 달고 달아났던 그 벌새가 언젠가는 다시 돌아오리라는 희망도 있기 때문이다. 컴퓨터 안의 카페 생활이 날이 갈수록 새롭고 재미있다.

밤도 없고 낮도 없고 밥 먹는 일 조차 귀찮다. 이렇게 좋은 세상을 모르고 살았다는 것이 후회스러웠다. 풍자는 마치 자신이 바람난 여인이라는 생각에 이르자 시를 적어내려 간다.

♡바람 난 여자♡: 꽃소녀
끼가 많아 내 그럴 줄 알았어. 시선을 모은 여자/ 빠지면 못 나오는 바람/ 혼을 빼앗겨도 정도가 있어야지/ 삶에 생긴 균열/ 보다 못 해 검지를 올린다/ 춤 바람/ 사랑 바람/ 도박 바람/ 마약 바람/ 세상을 휩쓰는 해일//

오직 한 사랑/ 보임도. 담김도/ 만남도/ 너 하나로 가득한/ 이 행복// 바람 난 여자// 색안경 쓰고/ 검지를 솟대처럼 겨누며/ 바라만 보던 여자가/ -시를 사랑하는 서정마당-에/ 구경 왔다가/ 컴 구멍에 홀랑 빠져버린// 난/ 바람 난 여자// 신종 바람/ 컴 바람 난 여자.

벌새: 하하하 꽃소녀님, 저와 감정 코드가 같은 모양입니다.

저도 오늘 하루 종일 컴 생각만 했습니다.

꽃소녀님 글 안에 제 맘이 있기 때문이죠. 좋은 바람입니다.

저도 요즘 ~님 글 때문에 컴 바람났습니다. 행복한 바람입니다.

-어머나 벌새!-

풍자는 숨이 멈추는 듯 흥분이 고조됐다.

벌새가 날아 왔다. 웃음 가득 쏟아놓고 갔다. 더구나 맘 빛깔 똑 같다는 여운을 남겨 놓고 갔다. 풍자는 정신이 혼미했다. 마음을 앗아갔던 그 벌새, 가슴을 뛰게 했던 벌새.궁금해서 카페 구석구석 다 찾아봐도 흔적조차 없던 벌새가 왔다. 벌새! 풍자는 눈을 의심했다. 벌새라는 닉이 분명했다.

풍자는 놓칠세라 벌새의 닉을 잡고 꼬리 글을 조심스럽게 읽고 또 읽었다. 온몸에 전율, 그리고 흥분이 일었다.

-어마, 또 왔네. 왔어.-

참 묘한 일이었다. 상상으로 만 사는 시인이라지만 그 벌새란 이름에 이렇듯 흥분하고 행복할 수 있을까 풍자 자신도 생각 못했던 일이었다.

3. 꼬리 글에 불붙은 사랑

풍자의 가슴엔 시심이 넘치고 시어는 날개바람을 타고 조립식 장난감을 조립하는 공장처럼 쏟아졌다. 미처 카페에 올리지 못한 글은 컴퓨터 작업실에 모아 두었다. 지금 풍자는 행복하다.

이 행복은 누가 주는 것이 아니라 자기 스스로 느끼는 행복이다. 다가가서 안아오는 내면으로부터 오는 행복이다, 그녀의 행복은 시가 되고 시는 다시 게시물이 되어 독자들을 기다렸다.

♡행복이 오는 곳♡: 꽃소녀
너와 내가 만나/ 우리라는 울타리 안/ 가정// 넌 바다

보고 물처럼/ 난 산 보고 나무처럼 자랐지/ 기쁨 척도,
웃음 빛깔. 미각 촉수/ 모두모두 다른데/ 함께 할 행복
은 어디서 오는 걸까// 행복은 받음으로 오는 줄 알았지
/ 웃음 고프면 손 내밀고/ 채워지지 않으면 원망과 짜증
으로// 팔자를 들먹이며 세상 탓을 했지/ 한 발 물러서
서 양보하고/ 한 발 다가가서 소중하고/ 서로의 빛깔에
닮아가기로/ 새 빛깔 함께 만들기// 세월 끝에서 보니/
사랑은 오는 것이 아니라/ 내가 만드는 것/ 내 마음 안
에서 오는 것을….

　　벌새: 아름다운 꽃소녀님 글에 마음을 빼앗겨 떠날 수
가 없었습니다.
　　'사랑은 내가 만드는 것' 감동, 다시 약속드립니다. 자
주 오겠습니다. 시인님도 자주 글 보여 주실 거죠? 지금
창밖으로 눈이 제법입니다. 여긴 첫 눈입니다. 저 혼자
우수에 젖어 글을 올리니…. 얼마 전 찾아 본 달동네가
생각이 나서…. 이러지도 저러지도 못하는 갈등이 밀려
옵니다. 부디 행복과 건강하심을 빕니다.

　　그때 시간은 새벽이었다. 풍자는 얼른 창문을 열었다.
눈이 오고 있었다. 분명 꿈은 아니었다. 이 시간에 벌새

도 눈 오는 것을 보고 있다는 생각을 하니 너무 기뻐 어쩔 줄을 몰랐다. 함박눈이 내리고 있었다. 풍자는 밖으로 뛰어나갔다. 벌새가 데려다준 눈 소식이라 더 반가웠다. 하늘 가득 내려오는 눈이 벌새의 웃음 같았다.

벌새를 만나게 된 것은 하늘이 준 선물이고 지금 오는 눈은 하늘의 축복이라는 생각이 들었다. 풍자는 마치 벌새 품에 안긴 듯 행복했다. 가슴이 따스해 온 풍자는 눈을 감았다. 그리고 눈이 가득한 하늘을 안았다. 가슴 속에 살고 있던 벌새가 비상한 듯 속이 시원했다.

–가슴 속 벌새야, 맘껏 날아. 아름다운 세상을 훨훨 날아. 눈이 되어 날아.–

떠나갔다가 다시 돌아오는 임처럼 반가웠다. 벌새가 알려준 첫눈 소식이라 더 반가웠다. 벌새가 고마웠다. 가슴에 따뜻한 정이 벌새에게 흘러갔다. 만나보지도 않고 그저 마음이 기울었다.

–내 마음의 벌새, 이상형의 마스코트, 어쩌면 그 많은 닉 중에 벌새일까. 어쩌면…. 내 이상형의 꿈 이름을 달고 내 글을 찾아주다니, 인연이다 인연, 전생으로부터 이어진 인연이야.–

풍자는 인연이라는 생각을 안 할 수가 없었다.

지금 꼬리 글에 매달린 벌새, 풍자 가슴에 있는 벌새가

환생한 듯이 반가웠다. 풍자는 눈으로 오신 임, 즉석 시를 써서 올렸다

♡첫 눈♡: 꽃소녀
함박눈이거나/ 싸락눈이거나/ 첫字에 의미가 깊다// 처음/ 사랑문 열어준/ 첫 체온, 첫 입술/ 제일 먼저 마음을 가져 간 사람// 지금/ 하늘이 잠깐 눈감은 날/ 기다려지는/ 첫눈은/ 그리움이다// 함박눈이거나/ 싸락눈이거나/ 순수했던 설렘// 까맣게 잊혀진 세월 끝에서도/ 웃는 얼굴/ 함께 했던 예쁜 기억들만 몰고/ 설렘으로 달려온다// 하늘 가득히….

　*벌새님의 꼬리 글 노크로 창밖, 아름다운 세상을 보았습니다.
　지금 눈이 옵니다. 설렘의 노트에 옮기고 임께 드립니다. 임으로 오신 첫 눈….*

　눈 오는 영상 위에 첫눈 시를 올리고 글 밑자락에 인사글을 올려 클릭을 했다. 설경에 에델바이스 경음악이 잔잔히 흐르고 그 위에 꽃소녀의 첫눈이 클로즈업 된다. 풍자가 잠시 멎어 글 감상을 하는 동안 벌새가 꼬리 글을

매달고 갔다.

꽃소녀가 시 감상을 할 때 벌새도 같이 했다는 시간의 일치성, 풍자는 의미 깊은 인연이란 낱말을 떠올렸다. 그리곤 벌새가 남긴 꼬리 글, 보다 남겨놓고 간 벌새의 마음에 푹 빠져버렸다.

벌새: 주인 없는 첫눈이···. 모두의 가슴에 첫눈은 홀로 오는 것 같습니다.

눈이 오면 꿈이 살고, 희망이 보이고, 그리움도 오기 때문입니다.

오늘 눈으로 모두들 가슴에 꿈과 희망과 그리움이 가득한 도시가 되었으면 합니다. 꽃소녀님의 고운 시를 통해 제게도 예쁜 기억들이 날아옵니다. 마치 임의 그리움이 내 사랑처럼···. 이런 날은 임처럼 고운 시심을 나누는 따뜻한 차가 있어야겠지요. 마음의 찻잔을 듭니다. 좋은 하루 되세요. 또 오겠습니다. 건필하세요.

풍자는 뛸 듯이 기뻤다. 벌새가 첫 손님으로 온 것이 더 기쁘고 신기했다. 더구나 차 한 잔을 같이 먹고 싶다는 마음, 이건 연인들이 주고받는 사랑 글이란 생각을 했다.

-어마, 이건 사랑한다는 거야. 사랑, 분명해.-

풍자의 마음은 이미 강물이 바라보이는 카페에 찻잔을 놓고 벌새와 마주 앉았다.그리곤 사랑의 밀어를 속사였다.

-사랑해.-

풍자는 나이를 잊고 열아홉 소녀처럼 가슴 뛰는 사랑에 점점 빠져 들었다, 가슴속 이상형의 벌새가 환생하여 현실로 나타났다는 확신은 날로 굳어져 갔다.

풍자는 지금까지 맛보지 못했던 신선한 행복을 맛보았다. 내 글을 읽어 주는 사람이 있다는 것만도 행복한데 이상형의 벌새가 꼬리 글에 사랑을 담아 행복을 나르고 있기 때문이다.

그 후 풍자는 글쓰기에 재미를 붙였다. 꼬리 글에 매달린 벌새를 향해 사랑시를 쓰기 시작했다. 그리고 글을 올리고는 독자들의 글도 찾아 방문했다. 여기저기 다니면서 글을 읽었다. 열심히 꼬리 글을 썼다. 꼬리 선물을 받은 사람들은 모두 달려와 풍자의 독자가 되었다.

독자와 시인 사이도 시골 품앗이처럼 묘한 인연이 형성 된다는 것을 알게 되었다. 서로의 독자가 되어 격려하여 힘을 주는 재 충전소가 바로 꼬리 글이었다.

우선 내 글에 왔던 사람들을 찾아 인사글로 쓰게 되었

다. 베푼 만큼 거둔다는 진리를 만나게 되었다.

♡행(幸)과 불행(不幸)의 열쇠♡: 꽃소녀
짐승스러움만 있어도/ 성스러움만 있어도/ 불행하다//
적당한 짐승스러움과/ 적당한 성스러움이/ 조화를 이룰
때/ 행복하다// 서로를 향해/ 조화롭고자 맞추려는 노
력/ 못 맞춤과 안 맞춤의 차이/ 이것이/ 행과 불행의 열
쇠다.

　벌새: 시인님, 글 넘 아름답습니다. 저는 지금 아무것
도 아닌 미물이 되어 아파합니다. 시인님! 참으로 산다
는 것이 아픔의 연속입니다. 눈에 보이는 것도 들리는
것도 모두 다…. 이제 모두 다 보이는 것도 듣는 것도
아름답게 해 보렵니다. 부디 건필 하십시오.

　벌새: 벌새는 언제나 나의 시간이 갖추어지면 고독이
찾아오곤 합니다. 몸살이 날 정도로 올 때도 있답니다,
아마도 짐승스러움과 성스러움이 내 몸 안에 있기 때문
인가 봅니다. 가정을 갖고 살면서도 가끔 밖이 그립답니
다. 꽃소녀님, 한 때는 저도 화두를 찾아 불교에 귀의
할 생각도 했답니다. 좋은 하루 되십시오.

오늘은 벌새가 두 번이나 왔다 갔다. 벌새가 달려와 삶의 고뇌, 벌새의 마음을 쏟아놓았다. 이제 풍자의 글은 벌새의 의지처가 되었다는 생각이다. 그만큼 벌새는 꽃소녀에게 가까이 와 있음이다.

꽃소녀는 다정한 엄마의 마음으로 다가갔다. 비록 꼬리 글에 대한 답장이지만 따뜻한 사랑으로 위로해주었다. 꽃소녀가 벌새에게 마음을 쏟았다.

꽃소녀: 벌새님 전생에 주어진 그릇대로 살고자 하면 큰 불협이 없는데 그릇됨이 감지되지 않아 전 아직도 그 화두를 못 놓고 있습니다.

불교적 삶이나 기독교적 삶이나 사람은 고뇌 속에 가끔 한 줄기 물맛, 그 찰나를 갈구하는 생각 있는 미물이 아닐는지요. 고뇌하지 마십시오.

그 고뇌의 원인이 무엇이지 생각하세요. 내가 태어난 그릇대로 사시면 됩니다. 인간으로 태어났으니 짐승스러움과 성스럼을 조화롭게 다듬어 가장 최선의 방법으로 사랑하세요.

자신을 속이지 마시고 자학하지 마시고 자신을 사랑하세요, 그리고 남은 사랑은 이웃에게 주세요. 더 큰 사랑으로 돌아와 고뇌를 기쁨으로 바꿔 줄 거예요. 종종

오세요. 사랑으로 주시는 꼬리 요리 감사합니다.

꽃소녀 풍자는 조심스럽게 다가가 정성스럽게 벌새의 마음을 달래주었다 그리곤 생각했다.
-맞다 맞아, 벌새가 전생의 내 짝꿍.-
그건 불자가 되려 했다는 구절에서 풍자는 먼 과거로 돌아갔다. 꽃밭이 물결치고 한 벌새가 날아왔다. 부용화처럼 홈벅스러운 꽃이 선녀로 변하고 긴 부리를 가진 고고한 벌새가 선관으로 변했다. 그리곤 손을 마주잡고 얼싸안았다. 비몽사몽간에 보이는 환생의 현장, 아름다운 사랑이 오고갔다. 수레바퀴가 돌아가고 폭포가 쏟아지고 사계가 바뀌었다. 억겁의 세월이 흘러갔다. 갑갑하다. 가슴이 답답하다. 날개옷을 잡고 멀어져 가는 선관을 바라보며 소리쳤다. 그리곤 다시 현실로 돌아왔다.
꽃소녀는 빙그레 웃었다. 벌새란 이름만 들어도 자지러지게 반가운데 혜성처럼 나타난 현실의 벌새, 풍자의 시작은 전생으로부터 찾아 헤매던 벌새를 만나기 위한 도구. 하늘이 내려준 능력이라는 생각을 했다.
풍자는 밤잠을 이루지 못했다. 온종일 컴퓨터에 매달려 벌새의 꼬리 글을 잡고 환상의 세계를 헤맸다. 혹여 카페 창에 벌새가 나타나는가 살피기도 했다. 그러나 한 번도 벌새의 이름이 컴 창에 뜨지 않았다. 바람처럼 나타났다가 꼬리에 마음 한 조각 매달아 놓고 날아가 버린 벌새, 풍자는 어쩌면 선관요정인지도 모른다는 생각을 했다. 풍자는 현실의 벌새에게 신비감마저 느꼈다.

벌새가 나타나면 대화 신청이라도 해 볼 양 어느 날은 하루종이 카페 창을 바라보곤 했었다. 벌새가 보고 싶었다. 어떻게 생겼을까? 결혼은 했다 했고 살아가는 이야기가 꼬리 글에 묻어나오는 걸보면 그도 가슴 속에 꽃소녀가…. 애들은 몇이나 될까, 나처럼 늙었을까, 나 보다는 조금만 젊었으면 좋겠다.

그러나 내가 나이가 들어 벌새한테 미안해서 어쩌지? 벌새가 나를 여자로 보아주었으면 얼마나 좋을까.

글 속에서처럼 정말 그렇게 나한데 실제로도 반했다면 얼마나 좋을까. 사실 내 맘은 글 맘이나 똑 같은데. 육신의 나이도 똑 같은데. 난 특이체질이라 겉은 늙었어도 아직은 가임 여성인데.

풍자는 다시 젊음을 찾았다. 그녀에게 마지막 봄이 오고 있었다.

♡회춘(回春)♡: 꽃소녀
늦가을에/ 꽃 핀 나무 보셨나요?/ 몸 가지 구석구석/

꽃 피고 싶다고 몸살입니다// 몸이야 미물 닮아 그렇다지만/ 마음은 덩달아/ 왜 성화를 부리는지/ 가슴 속 열꽃이 먼저 핍니다// 임이야 젊었으니 사계를 돌아/ 시도 때도 없이 잎 핀다지만/ 고목의 잎진 자리/ 서리 내리면/ 그 아픔 깊어서 어이하라고/ 임은/ 춘풍으로 자꾸 날 깨우십니다.

벌새: 꽃소녀님, 참 좋으신 현상입니다.

마음에 봄이 온다는 것은 축복 받은 일입니다. 축하드립니다. 마음으로부터 오는 봄이야 얼마든지 맞으세요. 꽃도 피우고 나비도 부르고 글로는 감지할 수 없는 젊음을 느낍니다.

꽃소녀님 이름 그대로 꽃처럼 고우신 임, 너무 아프지 마세요. 임은 화병도 너무 예뻐요.

벌새가 다녀갔다. 나비가 되어 다녀갔다. 꽃소녀의 마음에 병이 날까 봐 염려를 남겨 놓고 갔다. 몸은 갔어도 마음은 두고 갔다. 꽃소녀의 가슴에 은근히 불을 질러놓고 모른 체하고, 꼬리 글에 정만 대롱대롱 매달아 놓아서 풍자, 꽃소녀의 가슴에 사랑만 자라게 한다. 꽃소녀, 풍자도 벌새 작품에 꼬리를 달아 주고 싶은데 카페를 다

뒤져도 작품이 없었다. 꽃소녀 풍자는 벌새의 방문을 위해 더 향기로운 글 꿀을 빚는다. 밤새도록 노트에 쓰다 지우고 다시 쓰며 글을 빚는다, 맛있는 글, 향기롭게 글 향이 풍기도록 정성을 다해 벌새만을 위한 글을 쓴다. 그리곤 새벽이면 카페에 들어가 올려놓고는 벌새가 왔나 살핀다. 밥하다 말고, 일하다 말고. 달려와 꼬리를 살핀다. 지금 풍자 가슴속은 만개한 봄이다.

꽃소녀가 되어 벌새와 사랑을 한다, 정신적 사랑을 한다. 아직 풍자의 사랑은 짝사랑, 혼자 하는 외 사랑이지만 너무 뜨겁다. 비록 혼자하는 사랑이지만 메아리가 아주 없는 것은 아니다. 벌새가 꼬박 들러주기 때문에 희망이 보이는 사랑이다. 풍자는 이미 준비 되어있는 사랑이라 가랑잎에 불붙듯 타고 있는 것이다.

기적처럼 날아온 벌새는 늙어가는 풍자에게 사막 여행 중에 만난 오아시스다, 생기 넘치는 일이다. 분명 회춘이고 신바람이다. 지금 풍자에겐 보이지 않는 사랑의 기적이 일어나고 있다. 마음으로 하는 사랑, 아름다운 플라토닉 사랑이다. 나이를 초월한 사랑, 나이 들어도 사랑을 할 수 있는 컴 사랑이다. 인터넷만이 가능한 새 사랑 풍속도다.

그러나 풍자는 아직 여자이고 싶다. 벌새의 날개에 파

묻혀 한 순간이라도 여자이고 싶다. 풍자, 꽃소녀는 지금 벌새의 사랑을 받고 싶어 꽃 꿈을 꾼다.

♡사랑 받고 싶어 꽃꿈을 꿉니다♡: 꽃소녀
꽃은 아름답습니다/ 낯 가림 없이 가슴을 엽니다/ 결 고운 사랑입니다// 나비 날아듭니다// 모습 드러내지 않아도/ 향기로 압니다/ 백합, 들국화, 장미…./ 저마다/ 소중한 향 샘 가꿉니다// 벌 날아듭니다// 매일 빚는 꽃 향기/ 물 오름에 고이고/ 높낮이 없이 날려/ 더욱 사랑 받습니다// 벌새 날아듭니다// 아름다움/ 향기/ 그리고/ 임이 드실 빈 자리/ 아!/ 꽃의 생명입니다// 나/ 오늘도 꽃밭을 돕니다/ 꽃 되어 사랑 받고 싶어/ 고운 꿈을 꿉니다// 꽃꿈을 꿉니다.

　벌새; 소녀님, 참 아름다운 꿈을 꾸십니다.
　저도 나이는 자꾸 먹어 가는데 소년적 꿈을 못 버리고 있습니다. 언덕에서 소녀가 달려오는 것 같은 꿈입니다. 오늘 임의 글을 보니 마치 내 꿈 소녀가 온 듯합니다.
　마음은 이미 임의 꽃 마음에 닿았습니다. 지금 나비되어 임이 있는 꽃밭으로 날아갑니다, 고운 글 향, 임이 꽃 되심에 나비로 날 날개를….

풍자는 나비되어 온다는 벌새의 글을 읽고 온 몸을 떨었다

-아~ 행복해.-

자기도 모르게 소리를 질렀다.

곧 방문이 열리며 남편 풍식이 달려왔다.

-여보, 왜 그래?-

-아녀. 발에 쥐가 나서. 이젠 괜찮아.-

-운동 좀 해.-

흥분을 이기지 못해 일어난 해프닝이다.

아찔한 순간이지만 행복했다. 꽃소녀, 풍자는 어느덧 벌새와 꽃길을 걷고 있다.

젊은 날 남편 풍식이와 손잡고 걸었던 개망초가 하얗게 핀 언덕길이다. 꽃소녀는 이상형 벌새와 나란히 걸어간다. 키는 175, 몸무게는 70, 얼굴은 탤런트 유진, 미소는 최수종, 순수하기는 김래원….

귀엽고 포근한 남자다. 벌새가 풍자의 어깨를 감싸 안는다. 그리곤 볼을 가만히 풍자의 볼에 겹친다. 순간, 풍자는 온 몽이 짜릿하다. 봄물이 온 몸을 촉촉이 적신다. 풍자는 여자이고 싶다는 충동에 온 몸을 떤다.

-보고 싶다, 벌새가 보고 싶다.-

♡임도 나처럼 그러십니까♡: 꽃소녀

임을 향한 꽃 편지를/ 밤 새워 읊곤/ 쓰다 지운 내 맘을 들여다보면/ 너무나 간절한 사모 앓이에/ 가슴이 해일로 아파 옵니다// 임께 보낸 내 맘을 들여다보면/ 가슴속 불 꽃잎이 파르르 떨어/ 내 기도 간절함이 너무 가여워/ 눈가에 이슬 꽃이 피어납니다// 그립다 보고프다 사랑한다고/ 말로는 차마 할 수가 없어/ 내 글 빛 언어에 임 맘 띄우고/ 임의 글을 가만히 들여다보곤/ 내 마음이 임의 글에 없다 싶어서/ 그만 하루를 덮고 맙니다// 임도/ 나처럼 그러십니까/ 임 안에 달로 뜬 임 고픈 사랑// 시시 때때/ 내 맘 담긴 내 글 속에서/ 임이 있나 밤새워 찾으십니까// 임 맘 담긴 임의 글을 바라보면서/ 내 맘 있나 헤매는 나처럼/ 임도/ 그런 밤이 있으십니까.

　벌새: 임, 꽃 소녀님, 어쩌면 제 맘을 훔쳐다 놓으셨나요. 저도 그렇습니다. 밤새워 올리지도 못하는 글을 써 놓고 임처럼 밤새워 찾습니다. 임의 글에서 내 맘을 찾고 내 글에서 임 맘을 찾습니다. 내 마음을 쓰고 임을 찾곤….

　너무 아름다운 글, 내 마음과 똑 같은 글, 임은 내 마음

보지도 않고 어찌 그리 잘 아시나요. 보고 싶어요.

  -어머나, 나 어떡해. 벌새 마음을 훔쳐다 놓은 듯 내 마음하고 똑같대. 그리고 벌새가 나를 보고 싶대. 벌새는 내 마음을 어찌 알았을까? 보고 싶은 내 마음, 한 마디도 안 했는데…. 내가 생각하는 요정, 사랑 요정이 분명 한거야, 내 사랑 새….-

  꽃잎이 바람에 떨리듯 꽃소녀 입술이 바르르 떨렸다. 너무 그립고 좋아 입은 웃고 있는데도 눈에서는 눈물이 흐른다.

  아침에 멜을 열어보니 번개팅 소식 올라와 있다.

  번개 팅이란 갑자기 모이는 만남이다.

  풍자는 벌새를 만나고 싶다는 의욕이 앞서 앞뒤를 가릴 정신이 없다. 나이를 까맣게 잊고 궁금한 벌새만 생각한다. 벌새가 꼭 오기를 기다렸다.

  보고 싶다 했으니 꼭 올 것이라는 확신에 꿈이 풍선처럼 부풀었다. 풍자, 꽃소녀는 미장원 들러 머리 염색도 하고 드라이도 했다. 백화점에 가서 옷도 새로 사고 찜질방 사우나 실에서 전신 피부 마사지도 받았다.

  도라지 빛 투피스에 연 보랏빛 스카프로 멋 내기를 했다. 오늘 풍자의 외출은 궁금증 몸살에다가 그리움이 하늘에 닿아 달려 나가는 사랑맞이 외출이다.

그러나 벌새를 알아 볼 수가 없었다, 모두 반가와 환성을 올렸으나 여자들뿐이었다. 가슴이 헐렁했다.

혹 여자가 남자처럼 느끼도록 꼬리 글을 달은 것은 아닐까? 생각했다.

-꽃소녀님, 어쩌면 그리도 아름다운 시를 쓰세요. 지금 연애 중이시죠?-

꽃소녀 풍자는 얼굴이 빨갛게 단풍이 들었다.

-말씀 해 보세요. 우리 카페에요 타 카페에요.-

풍자에게는 통 알아들을 수 없는 용어다.

-타, 타 카페? 그런 카페도 있어요.-

-아니 혹시 사랑하는 사람이 다른 카페 분이시냐고요.-

-전 컴에 왕초보라 무슨 말인지 잘 모르겠는데요.-

말귀를 못 알아들으니 진행 중이란 의문이 살아지는 듯 화제가 다른 곳으로 흘렀다.

보고 싶은 벌새가 보이지 않았다. 출입구로 마음이 쏠렸다.

-누구 약속 있으셨어요?-

-아니요?-

-여러분, 벌새님이 오다가 회사에서 급한 용무가 있다

카페방 인어 낚시

는 호출로 되돌아 가셨답니다. -

　운영자의 보고였다. 꽃소녀, 풍자의 꿈 풍선에 바람이 빠지는 순간이었다. 나이도, 생김도, 알 수 없으나 회사에 다닌다는 것 하나 건져가지고 돌아 왔다.

　그날 벌새는 꼬리 글 끝에 번개 팅에 대한 언급도 없이 마음만 달랑 놓고 가버렸다.

　꽃소녀는 벌새가 궁금하여 가입 회원의 명단을 열어 보았다. 벌새도 꽃소녀와 같은 시기에 카페 가족이 되었다는 것을 알았다. 풍자, 꽃소녀는 이 또한 깊은 인연의 조화라고 생각했다.

　벌새의 인적 사항을 읽어 내려갔다. 출생지는 삼척, 학력은 대졸, 직업은 회사원, 카페가입 목적은 잃은 사랑 찾기…. 잃은 사랑 찾기? 꼭 자기 가슴 속 벌새 같다는 생각이 났다. 꽃소녀는 가슴속에서 불방망이가 춤을 추는 듯 흥분을 주체 할 수 없었다.

　모니터에 뜬 글자가 하나도 보이지 않는 순간, 벌새의 나이가 궁금했다. 그러나 앞이 캄캄하여 나이를 찾을 수가 없었다. 얼마 후 벌새의 생년 월이 눈에 들어 왔다. 풍자는 또 눈앞이 캄캄했다. 벌새의 나이는 열여덟 살 연하였다. 그리고 그는 새내기 시인이었다.

4. 나이는 넘을 수 없는 장벽으로 이별을 부르고

-아, 난 몰라 어떡해.-

벌새가 너무 멀리 있다는 생각에 하늘이 노랗다. 풍자는 기쁨과 슬픔이 혼합된 묘한 감정에 싸여 카페 문을 닫았다. 그리곤 얼마 후 다시 컴 창을 열었을 때 벌새의 이멜이 기다리고 있었다.

벌새의 소식이 덥석 반겼으나 꽃소녀는 힘없이 바라만 보았다. 이미 벌새에 대한 정보를 알고 난 후라 반가움이 삭감된 것은 사실이다. 연령의 차이가 너무 커서 기가 질려 반가움보다 걱정이 앞섰기 때문이다.

다른 것은 다 극복 할 수 있다 하더라도 연령의 차이가 너무 난다는 생각이다.

벌새: 이번 번개팅에 나가서 임의 모습을 보고 싶었는데. 유감입니다.

다음 번개팅에는 꼭 나가겠습니다. 이미 님에게 마음 뺏긴 소년 기대가 큽니다.

그 때까지 더 예뻐지시고 고운 글 많이 쓰시고 아름다워 지세요. 뵙고 싶어요.

풍자는 반가웠다. 나이가 문제 될 것 같지 않은 벌새의 마음, 꼬리 글에서 깊숙이 다가온 벌새의 마음에 조금은 안도했다. 기대하지도 못했던 벌새의 편지로 기분이 전환되었지만 그래도 자꾸 나이가 걸렸다. 벌새의 마음이 궁금했다. 풍자는 심란하여 다른 카페에 들어가 보았다. 반가운 벌새의 작품이 실려 있었다.

벌새의 시도 사랑시가 주를 이뤘다. 연민의 정으로 가슴앓이 하고 있는 느낌의 작품들이었다. 가입목적에서처럼 '잃은 사랑 찾기'가 맞는 듯 했다. 그러나 풍자가 보기엔 마치 자기를 향해 손짓하는 것같이 느껴졌다. 풍자는 다시 카페로 돌아 왔다. 그리곤 나이를 의식하며 시 한편을 벌새에게 띄웠다.

♡임은 강 건너 삽니다♡: 꽃소녀
임은 강 건너 삽니다/ 나는 임을 바라봅니다// 불가능이란 없다고 생각했습니다/ 건너지 못 하는 강/ 도리질 치며 나루터로 달렸습니다// 임을 만났습니다/ 새내기!/ 임은 시인이었습니다// 아름다운 시심/ 시어 하나하나가 나를 향한 손짓/ 부름 이었습니다/ 벌떡 일어나/ 정신없이 달렸습니다// 임이라 불렀습니다/ 자꾸자꾸 불렀습니다/ 임은/ 임이라 부르지 않았습니다/ 아름다운 시어로 손짓만 했습니다/ 말없이 나를 가둔 임/ 철들어 내 마음을 헤일 쯤/ 나는 사랑 고갈 된/ 건널 수 없는 강입니다// 나는 임을 만났습니다// 새내기 임을/ 임은 지금도 시를 씁니다/ 닿을 수 없는 시를 씁니다// 부름이 이토록 분명한데/ 지금은/ 건널 수 없는 강입니다.

풍자, 꽃소녀에게 있어 벌새는 강 건너 살고 있는 것이나 다름이 없었다. 닿을 수 없다는 뜻이다.

시심으로 서로의 마음을 읽을 수 있으나 한 발 저는 사랑을 할 수 밖에 없는 벌새는 새내기다.

꿈으로 시작하는 에로스 사랑은 물론 플라토닉 사랑이라지만 육체적 연령이 맞아야 실감이 날뿐 아니라 어떤 가능성을 꿈꿀 때 사랑이 지속되기 때문이다. 그러나 벌새는 너무 어리다. 풍자는 이미 나이를 초월한 달림이지만 벌새의 입장에서 보면 이미 지는 꽃이다.

풍자는 그 다음부터는 번개 팅에 나가지 않았다. 글 앞에서만 벌새를 만났다. 풍자는 혼자서 행복에 취했다. 벌새는 글 속에서 계속 희망을 주었다. 감정 코드가 같다는 그 말, 그러나 풍자는 외롭다. 벌새에 대하여 미리 알고 있기 때문이다. 이럴 때 앎도 짐이었다. 가까운 평행선 사랑도 어려울 것 같다는 생각이다. 풍자는 자기 모든 것을 숨기고 마음만 보이기로 했다.

벌새한테서 또 메일 편지가 왔다. 파란 클로버 무늬 위에 정성 드려 쓴 편지. 예의 바른 인사부터 그동안 좋은 글속에서 행복했고 아름다운 시심을 가지신 임의 모습을 보고 싶다는 요지였다.

허락하면 달려가겠다는 남자다운 도전이었다. 그러나 꽃소녀 풍자는 이미 벌새가 새내기란 걸 알고 만남이 두려웠다. 보고 싶어 가슴이 뛰었으나 결과가 강 건너 불 보듯 뻔 한 일이기 때문이다. 자기를 보고 놀라고 실망 할 벌새를 생각하면 만날 용기가 나지 않았다.

산산이 꿈이 부서지는 것을 뻔히 알고는 덥석 대답을 할 수기 없었다. 벌새는 단순히 호기심을 채우기 위해? 아니 그 이상의 여인을 꿈꾸는지도 모른다. 풍자, 꽃소녀는 고민에 빠졌다.

벌새: 얼마나 고운 여심이기에 이렇듯 저의 심금을 울리는 글을 쓰는가 만나보고 싶습니다, 꼭 답서 주기 바랍니다. 마음은 이미 출발 했습니다. 문 좀 열어 주세요. 벌새 안달 났습니다. 꽃소녀님, 얼른요.

귀엽기도 하고, 사랑스럽기도 했다. 어려도 남자는 남

자였다, 벌새가 남자라는 속성이 발동을 했을 때 풍자, 꽃소녀는 은근히 그 이상을 기대 해보고 싶었다. 초월한 사랑으로 마음 맞으면 나이가 무슨 소용이며 배움이, 신분이, 많고 없음이…. 꽃소녀는 모든 것을 초월하여 벌새를 꽉 잡고 싶었다.

풍자가 그런 꿈꾸는 것도 무리는 아니었다. 둘은 이미 글속에서 서로의 마음을 다 들켜 버린 사이기 때문이다. 그렇다면, 이제 남은 일은 만나는 일 뿐이다. 피한다고 피해지는 일이 아니다. 풍자는 생각했다.

-이 육신이 뭐 길래 막연한 상상 속에서 세월을 보내야 하나. 벌새가 날고 싶다는데, 직접 내 향기를 맡고 싶다는데….-

생각 끝에 풍자, 그녀가 만남을 허락한다는 뜻으로 한 편의 영상시 작품을 발송했다.

♡나는 달맞이꽃♡: 꽃소녀
스스로 문 열고/ 안녕/ 소리 한 소절이면/ 하루가 신바람 나고// 네 사랑 받겠다 아니라도// 스스로 맘 열고/ 네 맘 알아/ 한 줄의 편지가/ 일주일을 견디게 한다// 그러나/ 아니야/ 임은 나만의 임일 뿐/ 나는 임의 내 임이 아니야// 스스로/ 단 한 번/ 문 열고 눈 맞춤 한 번

없었던 임/ 난 아직도/ 해바라기 오직 한 사랑/ 외사랑/
달맞이 꽃이다.

그저 네게 정신적 사랑만 기다린다는 뜻이다.
언제나 외 사랑만 하는 달맞인데 네가 달 되어 줄 수
있느냐는 내용이다 '차라리 안부로 목소리나 들려주면
행복하다'는 요지의 시였다. 다시 벌새의 멜이 도착했다.
곧 방문 하겠다는 연락이다. 역시 벌새는 뜨거운 가슴을
지녔구나. 그러나 벌새가 달려오는 것은 사랑을 목적으
로 오는 것이 아니라는 생각이 든다. 벌새는 지금 궁금한
거다. 여자라는 것 그것도 젊은 여자라는 것을 기대 한
거다. 벌새는 지금 가능성을 점치러 오는 것이다. 풍자,
꽃소녀는 지금 시험장에 나가는 학생 심정이다. 새파란
벌새 앞에 지는 꽃으로서의 자존심 구겨지는 자리다. 아
름다움이 퇴색된 몰골을 보고 벌새가 실망하는 눈빛을
확인하는 슬픈 자리다. 그동안 아름답게 쌓아 올린 꿈과
정이 한 순간에 다 무너지는 허구의 증명서 되는 만남이
다.

5. 짧은 만큼 깊고 뜨거운 번갯불 사랑

-임, 제가 시간을 내어 달려가겠습니다.-

벌새의 간단한 시 한편과 날아온 날개바람에 풍자와 벌새, 둘은 만났다. 강물이 보이는 아늑한 퓨전 찻집, 둘만의 공간에서 만났다.

둘만의 번개팅이다. 벌새의 눈빛은 예상대로였다.

날씬하나 살집이 좀 있는 몸매에 이목구비가 잔잔한 고전형의 얼굴이다. 다만 예리한 눈매에 강한 카리스마….

그는 고개를 푹 숙이고 좀 떨어진 자리에서 생각에 잠기더니 넙죽 엎드려 절을 했다.

-선생님, 그동안 무례한 저를 용서하세요.-

예상은 했지만 풍자는 기가 막혔다. 간신히 마음을 가다듬고 입을 열었다.

-용서라니요? 혼자 무례 했나요. 그렇기로 하면 내가 더….-

-아닙니다. 제가 너무 까불었어요.-

-나는 행복했어요. 누군가가 내 마음을 헤아려 준다는 것이. 그리고 따뜻한 마음 한 자락 주고 갔다는 것 그보다 더 큰 행복이 어디 있어요.-

벌새는 가만히 듣고만 있었다.

-만났으니 우리 맛있게 식사나 해요. 만남의 빛깔대로 사는 거예요. 아무도 그 빛깔은 모르지만. 그걸 우린 인연, 운명, 숙명 그런 말로 대신하지요. 그냥 마음 편하게 있어요.-

-네.-

-왜 등단했으면서 우리 카페에는 작품을 올리지 않아요?-

-다른 카페에 가 보셨나요?-

-우연히, 작품이 맑고 좋던데요.-

-감사합니다. 전 아직. 부족해서, 사실은….-

벌새는 꽃소녀에게 부끄러워 못 올렸다는 말은 생략했다. 벌새도 꽃소녀의 글을 보고 속사랑이 움텄던 것이다. 그래서 그간의 감정을 시로 써서 다른 카페에 올렸던 것이다. 풍자는 가끔 이웃 카페에 들어가 벌새의 작품을 읽곤 했었다.

풍자처럼 뜨거운 사랑을 나타내지는 않았지만 새 사랑에 대한 호기심이나 감정이 작품 곳곳에 묻어 있었다.

그날 꽃소녀는 가슴 속에 있는 벌새 이야기는 하지 않았다. 그 이야기를 하기엔 벌새가 너무 어렸기 때문이다. 서로의 궁금증은 풀렸지만 임을 잃을 것 같다는 예감에 아픔이 여러 날 계속 되었다.

　꽃소녀는 몸이 달았다. 아직 마음도 다 전하지 못했는데, 어떻게 만난 벌새인데 놓치다니…. 조금만 더 글 속에서나마 벌새를 만나고 싶었다. 풍자는 벌새를 놓치고 싶지 않아 애절한 편지를 띄웠다.

♡사랑의 주치의♡: 꽃소녀
봄이 와서 그리운지/ 그리워 봄이 오는지/ 나는 모릅니다/ 오직/ 내 가슴만 압니다// 지금/ 내 가슴은 병이 났습니다/ 어제는/ 텅 비어 채워달라고 성화를 하더니/ 오늘은/ 비워 달라고 소리칩니다// 가슴 속/ 꿈으로 부풀었던 풍선이/ 날개를 잃었습니다/ 날개 달고 싶어 고통입니다/ 날지 못하고 갇혀/ 부풀기만 하여/ 더 이상 부풀 틈이 없습니다// 밤에는/ 임 대신 어두움이 엄습합니다/ 낮에는/ 가슴 별 사라진/ 큰 하늘이 덮칩니다// 날개 자리는 이미/ 배꼽 마침표로 흔적만 남았습니다/ 터질듯 터지지 않는 막힘/ 울고 싶어도 눈물샘 말린이 아픔/ 차라리 펑 터지기라도 하면/ 육편이라도 날아/ 임 그림자 밟으련만// 임이여/ 당신도 이런 날 있으십니까/ 당신의 주치의는 누구입니까/ 스스로 의사가 되어/ 곡주로 가슴 씻고/ 담배 연기로 치유 하십니까/ 어제는/ 가슴 비어 허전타 외치더니/ 오늘은/ 가득하여 비우겠다/ 이리도 절규 합니다// 임이여!/ 난 곡주도 못하고/ 담배도 못합니다/ 나는 오직/ 임 사랑만 합니다 // 이성의 도구는 약효를 잃고/ 감성의 덩굴손/ 오직/ 내 주치의는 임이십니다.

벌새는 잠시 왔다가 흔적만 남기고 갔다.
-좋은 글 읽고 갑니다. 선생님, 건필 하세요.-
만난 이후론 선생이 되었다.
꽃소녀라 부르던 벌새, 소녀님이라 부르던 벌새, 때론 임이라 부르던 벌새가 제자가 되어 풍자를 선생님이라 불렀다. 풍자는 자신의 나이를 확인시킨 벌새를 생각하면 미칠 것만 같았다.
글속에서나마 임이 되어 주었으면 좋으련만….
풍자, 꽃소녀는 얼마 남지 않은 이별 앞에서 속마음이나 다 전할 작정 인양 매일 아침 저녁 시도 때도 없이 벌새에게 사랑고백의 시를 날렸다. 벌새가 질식하도록 날려 보냈다.
하루에도 대 여섯 편의 한 풀이 식 시와 편지를 날려 보냈다. 벌새와의 만남에 대한 감상시도 날렸다.

♡임 오신 밤♡: 꽃소녀

꽃 고운 꿈은 달빛으로/ 그리운 마음은 바람에 실어/ 나 날을 붉게 태웠습니다// 기도가 하늘에 닿아/ 임 오신 밤/ 꿈 만큼이나 곱고 기다림 큰 만큼 반가운 임/ 앞뒤 도 보지 않고 덥석 안았습니다// 까만 밤은 보이지 않고 / 만월 같은 임만 보였습니다/ 기다림 끝에 핀 웃음꽃/ 처음 기쁨 꽃을 보았습니다/ 그리움이 해갈 될 때/ 임으 로 세상 가득 할 때/ 이것이/ 행복이란 걸 알았습니다// 시계를 돌려놓고/ 야속하던 밤이 고마운 긴 밤으로/ 하 얗게 새우고 싶었습니다/ 너무 좋으면/ 웃음꽃 끝자락/ 귀볼 밑이 아프단 걸 처음 알았습니다// 임 앞에서 도망 가는 나이/ 임은 크고 나는 작아져/ 어리광을 부리고 싶 었습니다// 몸 가지 칭얼댈 때/ 잡아 달라고/ 안아 달라 고/ 말 못 했습니다// 바람 되어 떠나실까 봐/ 차마/ 말 못하고 가슴만 붉혔습니다.

　벌새가 날아오지 않았다. 그날 풍자를 곁눈질로 바라 보고 실망한 벌새, 이젠 글 향기도 맡고 싶지 않은가 보 다. 풍자는 병이 날 지경이다. 풍자의 가슴 속에선 수도 없이 글이 쏟아지는데 벌새는 날아오지 않았다. 와도 마 음 없는 형식적인 글만 남기고 갔다.

풍자는 오랜만에 눈물범벅이 되었다. 그녀는 다시 시 편지를 날렸다. 그러나 벌새는 멜 편지는 커녕 꼬리에도 왔다 간 흔적이 없다. 어쩌다 오면 아픈 여운만 남기고 간다.

　-좋은 글 보고 갑니다.-

　섭섭하다, 그동안 정을 폭 들여놓고는 지금은 찬바람으로 불어온다. 벌새는 얼마나 실망했을까. 나이든 것이 미안하다.

　정말 벌새에게 미안해서 풍자는 예쁜 미인도를 선사했다. 그리고 시로 못 다한 마음은 편지글로 전했다.

♡임께 드린 미인도♡: 꽃소녀
드린 꽃 받으셨나요/ 은방울 청초한 자태/ 호수처럼 맑은 눈동자/ 아름다운 여인을 만나셨나요// 그날/ 달려 오신 밤/ 가슴만 뜨거운 시든 꽃/ 미안하여/ 정말 미안하여/ 내가 드린 선물입니다// 눈은 그 꽃에 묻으시고/ 마음 한 자락 달려오십사/ 제가 보낸 선물입니다// 시각은 꽃밭에 머무셔도/ 마음은/ 꼭 나를 안아 주십사고 / 그땐/ 싱그런 꽃 되겠다고.

　그러나 벌새는 아무런 반응이 없다. 반응이 없다는 것

은 꽃소녀의 마음을 알고 있음이다. 꽃소녀의 사랑을 알고 있다는 메아리다. 그 사랑을 감당하기 어렵다는 그래서 아예 모른 척한다는 전갈이다. 풍자의 맘은 한 참 사랑으로 끓고 있는데 가슴에 불 질러 놓고 벌새는 날갯짓을 멈추었다. 애가 닳은 꽃소녀는 또 달려간다, 아무 대답도 없는 임을 향해 질문으로 달려간다.

♡머물 자리 있던가요♡: 꽃소녀
임을 잡고 파/ 임의 사랑 받고 파/ 마음 한 자락 비우고/ 무지개별을 따다/ 임이 머물 자리 꿈빛 곱게 엮었는데// 임이여/ 맘에 드셨나요// 나는/ 임의 눈길에서 다정함을/ 임의 마음에서 미더움을/ 임의 가슴에서 푸근함을 보았는데/ 임은 내게서 무엇을 보셨나요// 임이여!/ 임이 머물 자리 있던가요/ 머물러 토끼처럼 알콩달콩 글 소꿉/ 글 향 빚을 자리 있던가요./ 함께/ 서리서리 사랑 줄로/ 예쁜 새끼 뉘일 자리 있던가요/ 잉태 할 시혼 있던가요.

벌새는 이제 형식적인 날갯짓도 하지 않는다. 풍자는 병이 났다. 마음병이 났다. 식욕도 잃고 시름시름 몸도 말라갔다. 풍자는 저녁마다 눈물로 애걸하는 편지를 써서 메일을 띄웠다. 그러나 부담스럽다는 멜이 날아왔다.

　-저, 꽃소녀님의 마음 아는데요. 그냥 이 자리 서 있으면 안 되나요?-

　내버려 두라는 말이다. 풍자는 좀 더 가까이 사랑 인연 줄로 있어 달라 애걸했다. 그러나 벌새는 문단 선후배로 있겠다고 멜을 보내 왔다.
　벌새는 약속을 해 놓고도 그나마 날갯짓도 멈추어 버렸다.

6. 아픔은 내가 갖고 평안을 주는 길목

　꽃소녀는 이제 벌새에 대한 사랑 구걸을 멈춰야 할 때가 왔다는 것을 생각했다. 그러나 눈물이 앞을 가렸다. 사랑 병은 젊은 사람들의 병인 줄 알았는데 나이를 초월하는 병임을 알았다.
　인생이 허무 했다. 꽃소녀는 번개처럼 스친 짧은 인연에 아쉬움을 떨칠 수가 없었다. 그러나 풍자는 인간 벌새, 임을 보내주기로 했다. 꽃소녀는 마지막 편지를 띄웠다.

벌새, 나의 이상, 임에게: 꽃소녀

*사랑은 주는 것이라 했습니다.

나는 아파도 임 마음의 평화 드리기 위해 저 이 자리에서 달림을 멈춥니다.

그동안 정신적 사랑에 행복했습니다.

어쩜 후유증 없는 가장 신선한 사랑이었는지도 모릅니다.

번개 치듯 순간으로 스쳐간 38일 간의 불꽃같은 사랑, 인연의 빛깔이 여기까지라 생각합니다.

그동안 부담주어 미안합니다.

그러나 나 같은 여인의 사랑을 돈을 준들 사오리까.

받았다는 것도 축복이라 생각하소서.

나이란 숫자가 이렇게 큰 사랑도 깰 수 있는 더 큰 힘이란 걸 몰랐습니다.

정신적사랑, 플라토닉사랑도 허락 못 할 만큼 위대한 힘이라는 걸….

이제야 지는 꽃의 슬픔을 실감합니다,

임, 한 때 꽃소녀의 꽃마음, 사랑 받으신 추억을 현실화 하면서 예쁜 사랑 시 많이 쓰실 글감을 주고 갔다 생각하소서.

다만 꼬리 글에 담긴 임의 마음은 제가 가지고 갑니다.

오래 두고 보지 못해서 꼬리 끝에 붙여주신 불꽃같은 사랑….

추억만 안고 갑니다.

정을 우려 오래 오래 행복의 밑씨로

여러 임들을 위해 고운 글을 쓰겠습니다.

내 인생의 마지막 봄에

이상형의 벌새로 날아오신 임, 감사합니다.

비록 임은 가시지만 나의 이상형의 벌새는

내 가슴 속에 영원히 나와 함께 살 것입니다.

내가 임의 모습 보지 못했으면 모르되 만나 본 이상 내 가슴속 벌새의 상은 이제 당신의 모습으로 정립될 것입니다.

고맙습니다.

꼬리 글에 불붙은 짧고도 뜨거웠던 플라토닉 사랑에….*

풍자는 마지막 영상시 한편을 띄웠다. 눈물로 쓴 편지와 함께 벌새를 향해 부풀었던 풍선도 함께 띄웠다. 말랐던 눈물샘이 봄을 만나 태동을 하더니 이젠 범람을 할 모양이다. 멜을 띄운 꽃소녀는 컴퓨터 전원을 껐다. 마지막 편지가 날아가는 뒷모습도 보고 싶지 않았다.

♡인연이 먼 산이면♡: 꽃소녀
왜/ 그 많은 별 중/ 꼭/ 그 별이어야만 하는지/ 하필이면/ 그 찰나로 스치는/ 그 바람을 잡았어야 했는지/ 생각을 거듭거듭 해도 알 수 없어라// 전생에 어떤 씨앗을 뿌려/ 어떻게 가꾸었기에/ 가슴 속 이렇듯 고운 바람꽃일까// 분명/ 혼자 뿌린 씨 아닐 터/ 내가 점뿌림 할 때/ 넌 흩뿌림을 했는지/ 엇박자로 부르는 노래가 안타까워라// 몇 겁에 이르는 거듭 남 끝에/ 스치는 인연이면/ 하나로/ 두 가슴에 꽃불이 켜진다는데/ 너무 멀고 큰 산// 꼭 잡아야 사랑이랴/ 버거우면/ 다가가 바라만 보리라// 자람 가지가지 새로 피는 꽃/ 입 닫힌 명금류로 기어들어/ 눕고 선 풀 나무 물 바위….../ 어우러져 고운 산 삶을 보리니// 나/ 잡음 보다 더 큰/ 사랑을 안을레라.

　벌새의 날갯짓은 잠들었다.
　풍자는 꽃소녀란 이름으로 시사랑 카페에서 꼬리 글에 불붙어 가장 짧고 가장 뜨겁고 가장 신선한 정신적 플라토닉 사랑을 했다.
　위대한 현대 산업 문명의 이기 컴퓨터가 안겨준 가장

큰 선물, 환상적이 사랑을….

실제 사랑이든 짝사랑이든 사랑은 카멜레온처럼 삶을 뒤바꾼 혁명적 마력을 지닌 불가사의한 힘의 원동력이었다.

사랑은 하늘과 땅이 마주보고 만남으로 출발하여 환희를 안고 소용돌이치는 깊은 수렁에 들었다가 이별의 아픔으로 후유증을 동반하는 거대한 힘이었다.

기대 없이 찰나로 만나 놓치고 싶지 않을수록 더 빨리 달아나는 회오리바람이었다.

꽃소녀, 풍자 그녀의 가슴 속에 이상형의 벌새가 존재하는 한 또 다른 곳에서 뜨거운 사랑을 연출 할 것이다.

그녀의 지금 비행선을 타고 우주 밖의 벌새를 꿈꾸는지도 모른다. 그녀는 아직도 벌새, 꼬리 글에 사랑을 불질러주던 벌새의 사랑에 벗어나지 못하고 있다.

지금 풍자, 꽃소녀 그녀는 빙그레 웃는다. 꼬리 글을 잡고 활짝 웃으며 달려오는 인간 벌새, 새내기임이 눈앞에 아른거린다. 짧았지만 그토록 뜨거웠던 마지막 봄을 안고 환상의 여행을 떠나고 있다.

꼬리 끝에 불 질렀던 사랑, 새내기님의 손을 꼭 잡고 숫자를 초월한 마음의 무릉도원으로 달려간다.

만개한 꽃길에 까르르르 웃음꽃 만발한다.

커다란 컴퓨터 모니터에 인간 벌새, 새내기임의 웃음이 가득하고

풍자, 꽃소녀의 눈물샘이 범람을 한다.

사랑이 깃들지 않는 나무

1.
　숲속 대나무밭에
　둥지 튼 꽃과 새가 있었다

　사랑 방법이 서로 달라 마주치면 다투고
　등 돌리며 함께 사는
　일화(日化)와 달새(月鳥)

　둘은 한 하늘 아래
　같은 땅에 뿌리내려 살아도
　서로에게 자유를 빼앗겨
　구속 된 삶
　원진살이 낀 부부였다

　일화는 낮을 기다리며

햇살 먹고
같이 해 바라보며 살자하고
달새는 밤 기다리며
달빛 먹고
함께 별 헤이며 살자하고

둘은 같은 대나무밭에서
서로 다른 꿈을 꾸며
낮이 옳다
밤이 옳다
이러거니 저러거니 다투며 살았다

어느 바람 부는 날
달새의 긴 한숨 소리가 바람을 타고
별나라 자비요정의 귓가에 멎었다

"누구 없어요?
나 좀 도와주세요
나는 탈출하고 싶어요
내 마음대로
내 생각대로

훨훨 날고 싶어요."

별 가슴으로 살고 있는
자비요정은
별빛을 타고 쏜살같이
달새의 둥지로 달려갔다
쓸쓸한 달새의 얼굴
외롭고 슬픈 달새의 눈동자
일화 몰래 읊는
눈빛 노래
몸빛 언어
새타령에서

사랑이 고갈되어 세상 문을 꽉 닫고
마음 아파 우는 병임을 금방에 알 수 있었다.

2.
　자비요정은 달새를 위로 했다
　"달새야,
　일생을 등 돌리고

밤 그리며 몸부림치는 너에게
날개가 되어 주고 싶어."
자비요정이 속삭이자
달새는 날개를 내어주며 진찰을 허락했다
요정은 치료사가 되기 위해
달새의 증상을 자세히 진찰했다

불평과 불만으로
부정적 마음의 눈
해가 뜨는 세상을 거부하고
밤이 먼저라는 외곬 생각
자기 일을 일화에게 맡겨버리고
자리 값을 부도낸 무책임
일체의 삐뚤어진 생각은
말라버린 사랑샘에서 비롯된 것이고
-사랑 결핍 신종 스트레스-라는
현대병이라 진단했다

"충분히 치유 가능한 질환입니다."
자비요정은 달새에게 용기를 구하고
달새의 주치의가 되었다.

치료도구는 사랑이다
자비요정이 치료도구로 사랑을 선택한 것은
사랑을 받아 봐야 진정한 사랑을 알게 되고
남에게도 사랑을 줄 수 있다는 원리이다.

자비요정의 과제는 사랑으로
달새의 사랑문을 열고
마음 사랑 샘에 사랑 물이 솟구치게 하는 일이었다
그리하여 다시 가정이란 꽃밭에
여법한 주인으로 돌려보낼 생각이다

주의 할 것은
달새의 병이 완치되기까지
일화 눈치 채지 못하게 은밀히 이루어져야 한다는 것
이다.

3.
자비요정은 사랑으로 정성을 다 했다
잃은 의욕을 찾아주고
힘과 용기를 돋우어 주고
재주를 찾아 칭찬해 주고

자유에 갈증난 그에게
밤 하늘을 몽땅 주어
마음껏 날아보게 했다

지시적 언어,
타의적 행동 등
구속적 삶을 싫어하는 달새에게
스스로 자기를 발견 하도록 길을 열어주고

가끔
해가 뜬 대낮도 날아보게 하여
해 뜨는 낮이 있어
하늘이 더 넓고 크며
밤이 더 아름다울 수 있다는 것도 체험케 했다

요정은
엄마처럼 포근하게
누이처럼 다정하게
친구처럼 편안하게
동생처럼 귀엽게
때론

연인처럼 사랑스럽게 다가갔다

달새의 예민하고 통찰력이 뛰어난 그의 자존심이
상하지 않도록 조심조심 다가갔다
럭비공 같은 그의 성미 때문에
때론 칼날을 밟고 서있는 기분이 들 때도 있었다
여러 해 동안
마음의 문을 닫고 살아온 달새는
좀처럼 이웃과 자리 바꾸어 생각할 여유기 전혀 없었
다
더구나
자신의 잣대로 세상을 재는 버릇이 있어
밤 하늘만 고집했는데
지극한 요정의 사랑에 감화를 받아
달새의 마음 문이 조금씩 열리기 시작했다.

4.
달새는
자비요정에 의해 다가 온 새로운 삶에
재미를 느끼기도 하고
가끔 신바람을 내기도 했다.

힘들면 마음을 기대고
속 상하면 속내를 털어 놓고
필요하면 투정을 부려 손을 벌리고
달새에게 자비요정은 은혜로운 구원자였다

한 번 기대고
두 번 기대고
만남을 거듭 할수록
달새의 마음이 자비요정에게 고금씩 기울더니
어느덧 달새 마음이 자비요정에게 하나 둘 옮겨졌다
그리고 급기야는 달새 마음이 몽땅 자비요정에게 빠
졌다

자비요정을 사랑하게 된 것이다
급기야 그는 사랑 갇힌 달새가 되었다.

5.
치료에 효과를 보이자
자비요정은 더욱 정성을 쏟았다
목말라 갈증하는 달새에게
물을 주고

영양을 주고
쉼터를 주고

몸과 마음에 안식을 주었다

자비요정은 생각했다
달새의 사랑은
치유된 흔적이고 성과이며
자신의 사랑은 치료의 묘약이라고

달새는
일화와 함께 있는 시간보다는
자비요정과 함께 지내는 시간이 더 행복했다

자비요정은 치료가 끝나면
달새가 일화와 함께
많은 시간을 보내도록 각별히 배려했다
그러나
달새는 일화와 티각티각 다투고
일화에게 발목을 잡힐 때마다
슬픈 울림으로 요정을 불러내곤 했다.

6.
   자비요정은 달새의 필요에 따라 달려갔다
   사랑으로 보듬고 대화로 다독이고
   병원으로 달려가 현대 의학으로 다스리고
   때론 관세음보살님께 귀의하여 기도로 매달리며
   백방으로 노력했다

   요정의 정성은 주기만하는 사랑이었다
   계산 없이 주는 기쁨에
   치료비가 바닥이 나고 시간이 송두리째 사라지고
   몸이 탈진 되어도 사랑으로 깨어나는 달새를 바라보
며
   살려내는 보람으로 날이 가고 달이 기움도 잊었다

   자비요정은 생각했다.
   머지않아 달새의 사랑문이 활짝 열리면
   받는 사랑이 주는 사랑으로 성장하여
   가정의 꽃밭 달새둥지에서 일화와 화목하게 살게 될
것이라고
   희망에 차 있었다.

7.
　사랑의 묘약은
　가끔 다른 꽃밭 구경도 시켜주고
　다른 새들의 마음도 열어
　양보 하고 배려 하고 참고
　사랑 맞추기로 사이좋게 사는 세상을 체험케 했다

　그러던 어느 날
　달새가 성숙해 가는 모습이 대견하여
　요정이 말했다
　"달새야, 넌 일화의 반쪽
　언젠가는 둥지로 돌아가 하나 된 사랑을
　완성 해야 돼."
　"또 그 소리,
　이별이 전제된 만남이라 이 말이지?"
　달새는 질색을 하며 섭섭함을 드러냈다
　그만큼 달새의 마음속에 요정이 크게 자리하고 있었
다.

　자비요정은
　'사랑이 완성되면 보내야지' 하면서도

치료사로서 사랑을 도구로
외톨박이던 달새의 친구로서
자기주장과 기분에만 충실한 달새의 이야기를 들어주
다가 그만 자신도 모르게 달새에게 기울고 있음을 모르
고 있었다.

8.
짝궁 일화에게도 인정받지 못하는
달새를 동정하다가
삶 새로 가꾸겠다고 사랑주머니를 열고
겁 없이 봉사자로 나섰다가
물 주고 영양 주고 정 주고
희망 주고 사랑을 주다 보니
그만
달새를 사랑하게 되었다
사랑요정이 되어버렸다
그러나
달새의 사랑이 자기에게 오고 자신의 사랑이 달새에
게 가도
자기사랑은 오직 치료의 도구일 뿐
오뚝이 사랑으로 제자리로 돌아 올 줄 알았다

사랑이 넘쳐 주체 못하여 주어 덜어내던 요정이
달새가 마음 문을 열고 조금씩 사랑을 주기 시작하자

신기해서
한 모금
신이 나서 두 마음
보람스러워서 야금야금 받아 보니
어느새 주고 받는 사랑 맞사랑에 취해 버렸다.

9.
밤
달밤만 바라보던 달새가 낮 세상을 알게 되고
받기만 하던 사랑에 주는 사랑을 알고 나니
달새도 새로운 사랑에 맛 들여 사랑새가 되었다

둘은
눈 맞고 마음 맞아
신바람이 났다
밤도 낮도 없이
꿈 날개를 달고 사랑날개를 달고
꿈새로 날고

사랑새로 날았다.

10.
환자인 달새는
잃은 사랑을 되찾아 그렇다 하더라도
사랑 넘쳐 주체를 못해 주기만 하던 요정이
본분을 저버리고 바람이 나다니
더구나
임자 있는 달새를 탐하는
사랑 도둑이 되다니
요정 자신도 기가 막힐 노릇이었다

그러나
인간 사랑의 속성은
조정 능력이 없는 묘한 바람이라
몇 날은 팔푼이로 몇 밤은 바보로
환자와 치료사가 뒤엉켜
사랑병 중증환자가 되어 헤어나지 못했다

한편
달새 꽃밭의 일화는

달새가 자주 둥지를 비우자
안달이 났다

달새가 둥지에 들기 무섭게
일화가 의혹화살을 당겨 달새 가슴에 꽂았다
그 때마다
달새는 거짓말쟁이가 되고
화살은 다시 자비요정에게 돌아왔다.

11.
자비요정은 그만 정신이 번쩍 났다
반복되는 불똥
화살받이에 불안을 느낀
자비요정은
관세음보살님께 용서를 구하고
관세음보살님의 가피를 충전하여
달새에게 속성재배를 시작했다

어느덧
달새가 웃자라
성장을 멈추었다

달새는
자신의 주변에 눈 돌리고
더불어야 되는 존재임을 알게 되었다
짝꿍 일화의 소중함을 알게 되고
옆자리를 너무 오래 비워두었다는 생각과
일화의 고충을 새삼 깨닫게 되었다
결국 달새는 사랑으로 치유되어 사랑을 가지고
제자리로 돌아가야 됨에 눈 뜨게 되었다

달새는 꽃밭 둥지로 돌아가기 위해
밖으로 날던 날개를 안으로 접기 시작했다
달새는 이제
자비요정이 주는 이슬먹이도 시들했다.

12.
자비요정과 함께 나는 날갯짓도 시들했다
달새는
이제 혼자 먹을 수 있고
스스로 날수 있기 때문이다
자비요정과 함께 하는 시간도 시들했다
자비요정과의 달콤한 시간보다

일화의 밝은 표정이 더 마음 편했다
이젠
자비요정이 달새에 대한 사랑을 거두어
치료사 자리로 돌아갈 차례다
그러나
늦게 붙은 불이 더디 꺼진다는 말처럼
자비요정의 가슴에
사랑의 늦불꽃이 성하게 타고 있었다

달새의 갑작스런 웃자람은 요정을 당혹스럽게 했고
이별이 준비 되지 않은 요정과 이별을 서두르는 달새
사이에
미묘한 불협화음이 진행되고 있었다
이제
요정은 줄 것이 없다.

13.
달새가
필요를 느끼지 않기 때문이다
이제
자비요정의 사랑은 가치가 없게 되었다

사랑이 깃들지 않는 나무

가치란
필요에 의해 자리 매김 되기 때문이다

자비요정은
사랑이 제 값을 상실하게 되자
야속했다
섭섭했다
주어버린 사랑의 값을 보존하기 위해선
속히 사랑의 날개,
치료방을 거두어들여야 한다
그러나
늦게 붙은 사랑불은 더 성하게 타올랐다
발버둥치며 간신히 불길을 잡았으나
아직 잔불이 남아 있었다.

14.
자비요정의 사랑은
주고자 달새에게로 달리기만 했다
갑자기 멈추면 고장이 난다
사랑이 미움될까 걱정이다
오늘도 자비요정은

달새와의 만남에 실패했다
섭섭한 마음이 하늘을 찌르고
서둘러 떠난 달새가 원망스럽기도 했다
그간
달새에게 쏟아 부은 정이 파노라마처럼 스쳐갔다
가슴에서 이상한 기계소리가 들렸다.

15.
또독 또도독
가슴 계산기가
손익을 따지는 소리였다

'언젠가는 올 날이었잖아
아낌없이 주는 꽃사랑
또
주는 동안 기뻤으니
이미 계산은 끝났는데
계산기는 왜 두드려?'

자비요정이 가슴을 향해 속삭였다
자비요정은

거울을 바라보며 내면의 자신을 추스렸다
'아주 아주 그리운 날
추억이 몹시도 아름답다 느껴지는 날
그날을 기다려봐.'

초월한 사랑을 꿈꾸었지만
사랑의 자비요정도 별 수 없이
땅을 밟으면 인간의 속성을 벗어날 수 없나 봐

자비요정은 혼잣말을 흘리며
눈가에 맺힌 이슬을 훔쳐냈다
그리고
시 한수를 읊었다

-처음
너는
대나무였다
새가 깃들지 않는 나무

평생을 약속한 반려도
포근히 들 수 없는 나무에

내가 둥지 틀기를 소원했다

잎 너울너울 푸르러
날카로운 예지와 외곬 자존심에
옷 입히는 기쁨을 사랑이라 이름했다

스스로 만든 바람결
와삭이는 노래에 취하여
새롭고 신비로운
사랑은 둥지에서

어둠 가르는 햇귀를 함께 잡고
아름다운 소꿉
풍요로운 행복을 꿈꾸며
네 사랑 날개 밑에
내 사랑 날개도 숨겨 키웠다

떠나렴
내 날개도 가지고 떠나렴
가끔
둥지에서 내가 그리우면

81
사랑이 깃들지 않는 나무

추억을 찾아
내 날개로 날으렴. -

16.
자비요정은
별빛을 잡고 하늘 길에 올랐다
밤과 낮이 바뀌고
하얗게 하늘이 열리자
넓은 하늘에 달새가 날개를 폈다
큰 날개 밑에 사랑 자비요정의 날개도 함께 했다
대낮 속에 밤을 안고
달새가 별을 그리며 날아오르자
까르르 웃으며 부서지는 햇살부스러기
일화는 부지런히 햇살을 주워
대나무 밭 둥지로 나르고 있었다

자비요정의 공덕이 누리에 가득 퍼져
서늘한 자비요정의 가슴을 쓸어 내렸다
자비요정은 따뜻한 가슴을 두 손으로 안았다.
마중 나오신 하늘 엄마
관세음보살님이 빙그레 웃으며

자비요정을 안아주셨다.

자비요정은 관세음보살님 품에 기대어

땅나라에서 안고 온 눈물을 흘려보냈다

웃고 있어도 눈물은 쏟아졌다

남은 달새의 눈물까지도 요정의 마음을 통해 흘러내렸다

뿌리 내린 사랑의 흔적이었다.

장물이 된 내 아내

1. 법원 앞에서

병원에는 죽음을 앞둔 절박한 육신들이 생명을 구걸하고, 법원 마당에는 하나같이 초췌한 영혼의 슬픔 그림자들이 술렁인다.

한 가닥 희망을 안고 달려왔다가 절망의 눈물을 뿌리며 돌아가는 사람들 틈에 하얀 서류 봉투를 든 한 여인이 걸어온다.

영혼을 담았던 빈 껍질이 주인 잃은 허수아비의 휘청거리는 걸음걸이로 윤기 잃어 허옇게 탈색된 초점 잃은 그녀의 눈동자가 누군가를 기다리고 있다.

초췌한 그녀는 서른 안팎의 젊은 여인, 아직 삶이 무엇인지 모르고 한참 아름다운 것만 기억하며 날개짓을 할 젊음이다.

이제 인생을 시작할 나이에 절망과 분노의 저 눈빛은

무엇을 말하는 것인가.

그 여인은 핸드폰을 열어 시간을 확인한다. 그때 먼발치에서 그녀의 행동을 살피고 있는 사내가 있다. 그녀를 바라보던 점퍼 차림의 한 젊은 남자가 법원 뒷문으로 빠져나갔고, 그녀를 응시하던 고급 승용차 안의 노신사는 백미러에 비친 그 여인을 주시하고 있다.

'허'로 시작하는 넘버를 부착한 고급 승용차. 젤리를 발라 세운 윤기 흐르는 머릿결에 나이답지 않은 차림의 노인이 앉아 있다. 귀볼 밑으로 늘어진 귀고리. 검은 바바리, 썬글라스, 빨간 머플러….

60대 중반의 노신사의 검은 썬글라스 창으로 시선을 돌려 여인의 일거수일투족을 응시하고 있다. 감시당하고 있는 그 여인은 아무것도 모른 채 초조한 기다림에 시간을 확인한다. 약속 시간이 지난 모양이다.

여인은 한 자리에 서 있지 못하고 발을 동동 구르며 안절부절 못하고 있다. 다시 시간을 확인하던 여인의 핸드폰이 부르르 떨었다. 음성메시지 전환의 문자도착 신호다. 순간 여인의 뇌리에 불길한 예감이 스쳤다.

여인은 가방 속에 있는 핸드폰을 화급히 꺼내 들었다. 그녀의 손이 공포에 바르르 떨었다.

아니나 다를까 기다리던 사내의 전갈이다.

-우리 처음에 만났던 그곳으로 와. 기다릴 께.-

그녀가 기다리던 사내는 남편 충식이었으나 그는 오지 않고 문자가 달려왔다.

깨끗이 마무리 지려고 한 것이 수포로 돌아가자 그녀는 가슴이 벌렁거리기 시작했다.

그녀는 서 있던 땅바닥에 맥없이 털썩 주저앉아 한참을 멍하니 허공을 바라보다가 독백에 잠겼다.

'그래 술에 물탄 듯 물에 술탄 듯 과단성 없는 네가 그럼 그렇지. 기다린 내가 미친년이지. 착한 것과 바보는 같은 선상에 있는 거야. 병신 멍충이!'

그녀는 오늘에 이르기까지 치욕스런 고통의 시간이 스치는 순간 측은하던 마음이 싹 사라지고 포악을 퍼부었다.

"말똥 싸지, 자업자득이야. 융통성도 없고 착해 빠지기만한 그 과단성 없는 네 성격이 마누라를 뺏긴 건 알고나 있니? 말똥 싸다. 아주 고소하다. 꼬소 해."

그녀는 마음에도 없는 말을 내 뱉고는 눈물을 펑펑 쏟아 냈다.

그녀는 남편 충식이 기다린다는 곳, 두 사람이 처음 만난 곳을 떠 올린다.

'두물머리면 함께 빠져 죽자는 것인가?'

잠시 아이들 얼굴이 스쳤다.

남편과 처음 만났던 두물머리의 출렁이는 강물결이 다가온다.

두물머리는 경기도 남양주시 양수리에 있는 강으로 북한강과 남한강이 합쳐지는 합수머리다. 남북으로 나뉜 분단된 아픔을 달래고 통일을 기원하는 의미로 국경일이나 의미있는 날 사람들이 자주 찾던 곳이었는데 요즘은 남녀가 처음 만나 하나가 되는 자리로 사랑하는 연인들이 많이 찾는 명소가 되었다.

이 여인의 부부도 처음 이곳에서 만나 부부 인연이 시작된 곳이다. 그러나 지금은 불안한 두려움 끝에 공포의 자리로 다가온다.

'왜 그곳으로 나를 불러들일까? 이 상황에서 추억을 통해 나를 잡을 수도 없는 상황인데….'

두물머리 시퍼런 물결이 서늘하게 가슴을 파고든다.

'힘께 물속으로 뛰어 들자면 드는 거지, 차라리 그 죽음이 나을 지도 몰라, 제 꼴에 그런 과감한 단언이나 내릴 위인인가?'

여인은 남편 충식이에게 조소를 보냈다. 그러나 순간 아이들의 얼굴이 스쳤다.

'이미 오래 전 삶을 포기했던 내가 죽음 앞에 살고 싶

다는 생각이 부지불식간에 벌떡 일어나는 이 두려움은
무엇인가? 살고 싶다는 본능?'

그녀가 자신 안의 또 다른 존재를 자각하는 순간 문자
가 들어 왔다.

-주차장 중앙에 차 가져다 놨어.

차 키는 꽂혀 있어.-

아내가 죽도록 미울 지경인데 충식의 배려심은 무엇
이란 말인가?

'바보! 등신 멍충이…'

그녀의 가슴이 갈기갈기 찢어지고 토할 듯 속이 뒤집
혔다.

치미는 울분에 소리치고 싶으나 주변에 시선이 몰려
와 입을 꼭 다문 채 눈물만 펑펑 쏟아 냈다.

'바보 같은 새끼.'

그녀는 욕설을 내 뱉고는 실성한 여인처럼 자리에서
벌떡 일어나 비틀거리며 법원 문을 밀치고 뛰쳐나왔다.

가로수들도 비틀거렸다.

가로수 사이로 보이는 아파트 건물도 휘청거렸다.

어찌 달려왔는지 어느덧 그녀는 주차장으로 들어섰
다.

'저렇게 착한 사람을 이렇게 아프게 하다니, 내가 참

나쁜 년이야. 두물머리, 너 지금 두물머리에 있어? 나는 죽어도 싸지만 자기는 애들하고 살아야지. 너무 맑고 착한 사람, 그게 바로 내가 떠나야 하는 이유다. 알아? 멍충아. 너는 내가 곁에 있을수록 더 아프고 괴로워. 떠나는 나를 절대 용서하지 말아라. 그래야 내가 편해.'

그는 중얼거리며 운전석에 앉았다. 정든 차다. 눈물이 쏟아졌다. 곳곳에 배어 있던 남편 충식이의 체취가 물씬 다가왔다. 그녀는 운전대에 얼굴을 묻고 엉엉 소리내어 울었다. 가슴 속 밑창이 다 빠질 정도로 울음을 토해냈다. 눈물과 콧물이 뒤범벅이 되었다.

얼마나 기다리던 자유였던가? 아무도 없다는 거. 이렇게 울 수 있는 자유가 그녀는 절실히 그리웠다. 편히 울 수 있는 자유마저 감지덕지하여 울기를 얼마만인지. …
띠리링 핸드폰 벨이 울렸다.

-흔들리지 마. 내가 옆에 있어. 마음 단단히 먹어. 흔들리면 안 돼! 알았지?-

핸드폰을 보낸 사람은 승용차 안에서 그녀를 감시하던 노영감이다.

그녀에게 이 노영감은 찰거머리보다 더 무서운 놈. 양의 탈을 쓴 물귀신이다.

'야. 이 미친 늙은 놈아. 네가 좋아서 이혼하는지 알

아?'

문자를 통해 들리는 늙은 영감 목소리는 양의 탈을 쓴 악마의 목소리로 들렸다.

"착각하지 마. 내 남편 살리기 위한 길이야. 이 악마 같은 늙은 놈아."

그녀는 이를 부드득 갈며 포악을 퍼부었다.

그녀는 집요하고 뻔뻔스러운 늙은 영감을 갈기갈기 찢어죽이고 싶었다.

"하느님이 있고, 부처님이 있고 이 땅에 법이 있다면 저런 놈을 잡아 가지 않고 왜 나에게 이런 형벌을 내리는 거야."

그녀는 영감을 도저히 용서할 수 없었다. 그녀는 그 영감의 소리가 담겨 있는 핸드폰을 힘껏 내동댕이쳤다.

차 안 의자 밑으로 떨어진 핸드폰이 부르르 떨며 울리기 시작했다. 연이어 흔들리지 말고 이혼을 강구하라는 영감의 다구침이다.

여인은 남편에게 이혼각서를 받아 내던 날의 상황이 떠올랐다,

무더운 여름날 어깨가 떡 벌어진 장승같은 사내들의 팔뚝에는 꿈틀꿈틀 기어오르는 용 문신이 적랄하게 드

러났다. 보기만 해도 그 사람들이 주먹 꽤나 휘두르는 집단의 인물임을 알 수 있었다.

사내들이 수문장처럼 문밖에 진치고 한적한 카페 안을 감시하고 있었다.

물론 주인도 밖으로 내 쫓아버리고 테이블에는 여인과 여인의 남편 그리고 노회장이라는 늙은 영감이 앉아 있었다.

젊은 충식은 얼굴이 파랗게 질려 고개를 숙이고 있었다.

"자네가 이 여자 남편 장충식 맞나?"

승전고를 울리고 돌아온 노인은 기세가 이렇게 당당할 수 있을까? 노회장은 턱에 힘을 잔뜩 주며 물었다.

"예."

충식은 기세에 눌려 죄인처럼 기어들어가는 목소리로 대답했다

"밖에 내 아이들 봤지?"

"예."

"이 여자 사랑하나?"

노회장이 턱으로 여인을 가리키며 물었다.

"예, 제 아내입니다."

충식은 작은 목소리지만 당당하게 대답했다.

"그래? 네 목숨을 내놓을 만큼 사랑해?"

목숨과 바꿀 수 있느냐는 질문은 너를 죽이고라도 이 여인을 갖겠다는 각오였다.

옆에서 듣고 있던 여인이 한 숨을 내쉬며 속으로 뇌었다.

'아니라고 말 해 제발.'

여인은 충식의 입을 응시하며 눈짓을 했다.

그러나 싸인이 맞지 않았는지 생각의 초점이 빗나갔다

"예."

생각 밖의 소리가 튀어 나왔다

'저런 바보 넌 이제 죽었다.'

충식이의 단호한 대답에 노회장은 '욱' 하고 화가 치밀었고 여인의 가슴은 뭉텅 내려앉았다.

"얘들아, 이 자식 손맛을 좀 보여 줘야겠다."

밖을 향해 노회장이 소리쳤다.

떡대 같은 사내들이 우루루 달려 왔다.

"손대지 않겠다고 했잖아?"

여인의 앙칼진 목소리가 노회장을 향해 날벼락을 쳤다. 그러나 여인의 말은 지나가는 바람일 뿐 노회장은 사나이한테 눈짓을 보냈다.

"예, 형님."

떡대 같은 주먹 손이 달려들어 충식의 얼굴을 향해 힘껏 내리쳤다.

'퍽' 의자에 앉아 있던 충식이가 바닥으로 고꾸라지고, 여인은 '으악!' 소리를 지르며 얼굴을 가렸다.

"넌 입 닫아. 한 번만 입 벌리면 너도 가만 두지 않아."

노회장은 여인을 윽박질렀다.

여인은 움칠 가슴을 조이며 입을 닫았다.

"제자리에 앉아."

노회장은 충식을 향해 목소리를 깔았다.

충식은 입가에 흐르는 피를 손등으로 훔치며 간신히 기어 의자를 짚고 일어나 앉았다.

"여러 소리 않겠다. 목숨을 내놓을 텐가, 이 여자를 내 놓을 텐가?"

"자기야, 나를 버린다고 해. 애들은 어떻게 할 거야. 살아야 돼. 충식씨"

공포에 질린 여인이 절규하는 목소리에 이어 애절한 눈빛으로 남편을 바라보았다.

"길게 말하지 않겠어. 이 여자 이제 내 여자야. 알겠 나."

"죽어도 같이 죽자 선아, 말해. 나와 살겠다고 말해 주라고."

충식이 여인에게 애걸복걸 매달렸다.

그러나 한 여인은 입을 꼭 다물고 있다.

"선아. 네 맘도 그런 거야? 맘은 두고 가는 거지?"

"……"

여인은 마무말도 하지 못 했다.

"허 이거 아까하고 다르잖아. 이혼할거야 말거야?"

노회장이 한 여인을 노려보았다.

"할거야."

여인의 작은 목소리는 모기소리처럼 가늘었다.

"들었지? 내가 너보다 행복하게 해 줄 것이니 그리 알아.

내일 돈 나오니까 빚 갚아 주고 아이들하고 살 만큼 줄 테니 그리 알아, 알았나?"

"웃기고 있네."

맨날 내일 내일하는 그 풍선….

여인은 속으로 코웃음을 쳤다.

"……"

충식은 아무 말도 하지 않았다.

"그럼, 대답한 걸로 알겠네."

충식은 백주대낮에 날강도를 만나 아내를 빼앗겼다.

빚을 갚아주고 아이들하고 살밑천까지 준다는 착한 날강도가 있을까?

그가 말하는 빚은 영감에게 투자한 돈이다. 갚아주는 것이 아니고 되돌려준다는 말이 합당하다. 노회장이 재개발하는 아파트에 빚을 내어 투자한 일이 일그러지자 여인은 그 돈을 받겠다고 쫓아 다니다가 결국 충식이는 빚더미에 앉게 되고 가정은 산산 조각이 나버렸다.

영감은 조폭들을 데려다 놓고 윽박지르며 강제로 한 여인을 빼앗아 갔다.

분위기로 보아 아내의 뜻은 아닌 듯 했다.

'선아, 제발 건강하고 행복 해.'

아내를 넘겨준 충식은 밤마다 술로 살았고 미친 듯이 헛소리를 하며 거리를 헤맸다.

노회장은 여인으로 하여금 이혼을 재촉했고 여인은 간신히 남편을 설득하여 며칠 후 법원에서 만나기로 약속을 한 것이다.

주차장 차 안에서 잠깐의 회상에서 돌아온 여인은 지금 어디선가 자신을 감시하고 있는 늙은 영감을 의식하며 치를 떨었다.

행복했던 가정을 박살낸 그 놈과 자신을 향한 분노에 여인의 눈에서는 순간순간 섬칫한 살기의 광채가 스쳤다. 그리고 그녀의 입가에 알 수 없는 미소가 스친다.

"죽여야 겠어. 시퍼런 칼로 그놈을 죽이고 똘만이들 일당을 모두 경찰에 고발하여 죽여 버릴거야."

남편이 할 법한 말이 그녀의 입 밖으로 새어나왔다.

자신이 한 말에 흠신 놀란 그녀는 머리를 흔들고 차안을 둘러보았다.

운전 보조석에 정성스럽게 포장된 백합꽃 한 다발이 놓여 있었다.

'넌 누구야? 충식이? 몸은 못 오고 마음이 와 있는 거야?'

그녀는 차마 그 꽃을 안을 수가 없었다.

꽃… 충식의 맘이 꽃으로 와 앉아 있다.

백합꽃은 아름답지 않은 눈물이었다.

꽃이, 꽃이 많이 아팠다.

그녀는 또 다시 꽃을 사이에 두고 오열하듯 신열을 토해냈다.

남편 대신 앉아 있는 꽃이 무서웠다.

온 몸으로 그 무서운 꽃 앞에서 얼마나 울었을까.

속죄의 울음, 후회의 눈물, 회한의 오열을 쏟아 냈다.

시간이 얼마나 흘렀을까? 겨우 정신을 차려 그녀가 가늘게 떨리는 손으로 차 키를 만지며 결심이나 한 듯 아랫 입술을 깨물었다.

순간 몸을 부르르 떨었다.

'그래!'

그녀는 차 키를 돌려 시동을 걸었다. 서서히 주차장을 빠져 나갔다. 하얀 햇살에 눈이 부셨다.

하늘마저 내편이 아니라는 생각에 오열했다.

'정말 하늘에 하느님이 있기나 한 겁니까? 저런 나쁜 놈들에게 벼락 안 때리고 왜 착한 사람들을 고통에 처박습니까?'

그는 햇빛을 피해 반사적으로 고개를 돌렸다. 남편의 모습이 보였다. 남편이 밖에서 여인이 나올 때를 기다리고 있었던 것이다. 그녀를 발견한 남편은 차창 문을 내리라는 손짓을 한다. 순간 그녀는 심장이 쪼그라들고 쥐어짜듯 아파왔다. 이어 요동을 쳤다. 숨 쉬기 마저 힘들었다. 가슴을 쥐어 잡고 운전대에 고개를 쳐박고 한 동안 엎드려 있었다.

'이럴수록 냉정해야 해.'

그녀는 생각을 고른 뒤 결심이나 한 듯 낯선 얼굴로

장물이 된 내 아내

차창 문을 내리고 소리를 버럭 질렀다.

"법원엔 왜 안 왔어. 한 참을 기다렸잖아?"

남편은 허리를 구부려 창 가까이 얼굴을 들이밀며 기어들어가는 목소리로 말을 건넸다.

"우리 잠깐만 얘기 좀 하자."

"너, 죽고 싶어. 그 나쁜 놈이 숨어서 보고 있다는 거 몰라?"

"마지막인데 뭐!"

"무슨 얘길 해. 우리 이제 쫑 내는 거야. 이 길이 너도 살고 나도 살고 우리 아이들도 다 사는 길이야."

"알아. 그러니까 잠깐만."

"여기서 몇 마디 하자. 죽을 죄를 지은 나를 용서하지 마. 절대 용서하지 말고 평생 저주하면서 살아. 그렇게 살라구 알았어?"

그녀는 남편을 향해 살기 찬 목소리로 말했다.

"그래, 너 하고 싶은대로 다 해. 근데 우리 있잖아. 마지막으로 밥은 먹을 수 있잖아."

"이 판에 우리가 밥 먹게 생겼어? 멍충아. 다음에 먹어."

"다음에 언제. 살벌해서 언제 나올지도 모르잖아, 나 오늘 너에게 밥 한 끼 먹여 보내고 싶어."

사내가 애원을 하고 있는데 구석에서 핸드폰이 징징거리며 떼를 쓰고 울어댔다.

그녀는 흥분된 손으로 핸드폰을 주워들어 폴더를 열더니 탁! 핸드폰의 입을 막아버렸다.

"보나마나 뻔해. 그 능구렁이 같은 영감 탱이."

그녀는 어찌할 바를 몰라 부들부들 떨고 있었다.

이때 그녀의 남편, 충식이가 차의 뒷쪽을 돌아 운전보조석 문을 열었다. 그대로 놓인 꽃다발을 보고는 멈칫하더니 꽃을 들어 가슴에 안고는 멋쩍게 입을 열었다.

"어, 너 백합꽃 좋아 했잖아. 우리 처음 만났을 때 내가 너에게 주었던 거… 생각 나?"

혼이 다 빠져 나간 연인에겐 기억이 가물가물 하다.

아름다웠던 사랑을 기억하면서 남편에게 미련이 남을 만큼의 작은 여유도 없이 탈진된 그녀는 대답대신 도리질을 쳤다.

"생각해 봐. 잊을 걸 잊어야지."

"그딴 걸 간직하고 가서 무얼하게? 죄짓고 가는 년이. 추억은 무엇에 쓰려고. 쓸개도 없는 놈아."

여인은 다시 악을 쓰며 눈을 동그랗게 뜨고 남편에게 대 들었다.

"네 마음마저 빼앗긴 건 아니잖아."

"너도 버려. 그 쓸데 없는 추억 다 버려. 사랑이란 말도 다 버리고 나를 저주하며 살라는 말 그새 잊었어? 너만 괴롭고 너만 힘들어. 바보 이 멍충아."

"알았어. 진정해. 속 뒤집히면 나한테 다 쏟아 놓아 놔. 난 괜찮아."

"뭐가 괜찮아, 너 이러는 성격이 나를 질리게 하고 나를 더 괴롭게 한다는 거 알아? 그래서 내가 너를 떠나간다는 거. 착해서 너무 바보 같아서, 알기나 알아?"

"미안 해. 가서도 너만 잘 살면 돼, 나는 너만 행복하면 된다고. 언제고 밥 먹고 싶으면 전화 해."

"지금 밥같이 먹는 게 대수야? 이혼, 이혼은 안 할 거야? 이혼 해 줘. 제발 나의 행복을 위해서라면 이혼 해 달라고."

여인은 애원하듯 매달렸다.

"지금 너 행복해서 이혼하려는 거 아닌 걸 난 알아. 나 편하게 해 주려고 그러는 거지. 난 괜찮아. 언제고 돌아와. 기다릴께."

"나 네게 돌아가기 전 넌 죽어, 이 바보야."

"그래도 난 이혼은 안 할래. 그냥 가서 살아.

이대로 늙어서 죽게 되면 그때 시체라도 찾아오겠지."

"어이구 곰팅이, 정말 곰이야. 그래 송장 찾아다 뭐

할래."

"사랑하는 아내니까, 내손으로 묻어 주어야지, 그리고
너는 아이들 엄마잖아. 아이들도 있는데…."

"아이고 내일 죽을 지도 모르면서 천년 살 걱정을 해
요, 내 미쳐."

남편과 둘이 대화를 하고 있는데 핸드폰이 자지러지
게 울어 댔다.

"어서 마음 진정하고 핸드폰 받아. 그 사람 핸드폰 같
다. 나 갈께. 건강 해."

남편 충식이가 슬그머니 차안에서 나가버렸다.

여인은 남편의 뒷꼭지를 바라보며 눈물을 닦았다.

'바보, 저렇게 착한 사람…. 나는 천벌을 받을 거야.
벼락 맞아 죽을 년. 부처님 하느님 제발 저에게 천벌을
내리시고 저 바보같이 착한 사람에게 복을 주세요.'

여인은 자신의 가슴을 치며 자기에게 저주를 퍼부었
다.

-무슨 작당을 하고 있는 거야. 얼른 와 차는 가지고
오는 거야?-

여인은 남편이 준 차를 타고 닥달하는 노회장이 있는
곳으로 갔다.

그날 이후 노회장의 대포차는 보이지 않고 장충식 차를 몰고 다녔다.

운전은 물론 한 여인 몫이었다.

2. 정월에 만난 돈 바람 난 여인

아직은 돈 맛보다 사랑 맛에 살 여인.

그녀는 지금 사랑이냐 돈이냐 갈림길에서 저울질을 하고 있다.

연애결혼으로 시작한 사랑 소꿉놀이에서 천사같은 아들과 딸 남매의 어머니.

선녀같이 착하고 이쁜 딸은 올해 중학교에 입학을 했고, 장군 같은 아들은 초등학교 6학년이다.

남매는 어머니가 집을 비운 시간 어머니를 대신하여 집안 살림을 도맡아 한다.

밥을 챙겨 먹는 것은 물론이고 10 마리가 넘는 강아지와 개들에게 먹이를 주는 일, 닭장 가득 종종 걸음을 치는 닭들에게 모이를 주는 일, 이른 새벽이면 닭장에 가서 알을 꺼 내오는 일 등등 시키지 않아도 알아서 집안일을 척척 잘 한다.

가끔 엄마가 그립고 행방이 궁금하면 핸드폰을 울려

엄마 목소리를 들으며 새벽에 일터로 나가 밤중에나 들어오는 아버지는 얼굴 보기조차 힘들다.

남편의 돈벌이가 시원찮아 남매의 어머니, 그녀는 억척스럽게 돈벌이에 뛰어 들었다. 막노동에서 길거리 좌판 보기, 건물 귀퉁이, 구멍가게. 그리고 찜질방의 매점. 닥치는 대로 돈이 되는 일이라면 물, 불을 가리지 않고 일을 했다. 목돈이 조금 모이자 목로 카페를 열어 파전과 막걸리를 팔았다. 밤 늦은 시간에 카페방에 들어가 보이지 않는 세상구경을 한다.

카페방 꼬리글 달기. 채팅으로 대화나누기…. 자유가 있어 좋은 세상이다. 보이지 않는 세상이라 솔직할 수 있고 상상으로 이어지는 짜릿한 사랑도 느낄 수 있다. 낮에는 억척스레 돈벌이에 매달리다. 저녁이면 여는 카페는 포장마차식 목로주점이다.

어느 날 다리 하나를 저는 애꾸눈의 사내가 목로주점을 찾았다.

그날따라 손님이 없어 문을 닫으려고 하는 참이었다.

"토종닭 한 마리와 파전 하나."

오늘 장사는 공치나 했더니 늦은 시간에 매상을 올려주는 사람이 왔으니 여인은 신바람이 났다.

파전에 동동주 그리고 백숙. 한 상이 그들먹했다.

"손님, 누가 또 오시는가 했더니 혼자세요?"

"아, 따라 온다 하더니 다들 내려갔나? 나는 이 동네 재건축을 맡은 김승호라고 합니다. 김승호."

"예, 그럼 사장님이라 불러야겠네요."

"건축업계에 물어보면 다 알거요. 김승호 회장 모르면 간첩이지."

"어마 그러세요?"

"자 먹읍시다. 아가씨?"

"아니에요. 두 아이의 엄마에요."

"그래? 아가씨인줄 알았어. 곱군, 이런 장사 할 인물이 아닌데, 쯧쯧쯧."

여인과 60대 후반으로 보이는 회장이라는 김승호는 밤늦도록 주거니 받거니 술을 먹었다.

들도 보도 못한 돈 이야기였다.

수십억 짜리 오피스텔, 수천억 짜리 공사. 1억이 일주일 후에 2억이 되는 투자.

밤새도록 풍선처럼 부푼 가난한 여인의 고무된 흥분이 욕심을 마음껏 키웠다.

"아, 회장님, 꿈만 먹어도 부자가 된 것 같아요."

"꿈이라니, 실제 상황이야. 맘 한번 고쳐먹으면 오피스텔 내가 하나 줄게. 아니 하나가 문제인가 10채 줄게."

"아이고 회장님 뺑 회장님이시구나."

"아냐 아냐, 나는 가진 것이 돈인데. 두고 보라고. 약속해 약속."

회장은 새끼손가락을 내밀면 약속을 서둘렀고, 여인은 새끼손가락을 걸었다.

회장은 걸린 손가락을 흔들며 굳게 약속을 선포했다.

둘은 술에 취해 소위 말하는 떡이 되었다.

계산대에 즐비하게 내 놓은 카드만도 일곱 개쯤 되었다.

"하하하. 큰 부자가 작은 돈은 없는 거야, 하하하. 놈들 오늘 입금시킨다더니 이놈들이 쓴 맛을 못 보았군."

하나같이 정지되어 사용할 수 없는 카드를 바라보며 사내가 호탕하게 웃었다.

회장은 핸드폰을 들고 큰 소리로 걸었다,

"이 봐. 난 데. 왜 입금 안했어? 오늘 7억 넣고 내일 20억 넣는다더니. 그래? 알았어. 영훈이 이리로 보내."

한 참 후에 떡대같은 청년이 들어 왔다. 스포츠 머리에 무스를 발라 성클하게 세우고 용 문신이 걷어 올린 팔 밑으로 스멀스멀 기어 나왔다.

"회장님, 부르셨습니까?"

"그래, 소위 말하는 회장이 카드 내놓고 긁어야겠니?

느덜이 알아서 해야지."

"예, 죄송합니다."

"카드사용 해 본지 오래 되어서 다 정지 되었구나."

"회장님은 현찰을 쓰셨잖습니까?"

"그야. 그렇지."

계산을 끝낸 떡대같은 사나이는 회장을 태우고 골목을 빠져 나갔다.

그 후 늙은 영감은 시도 때도 없이 여인에게 풍선 꿈 이야기를 들려주었다.

하천부지를 불허 받아 카페를 차려 주겠다.

아파트 수천 세대를 짓는데 함바집의 이권을 주겠다.

몇 천 만원 투자를 해도 4억이 혹가 하는 아파트를 주겠다.

여인에게는 달나라 가는 꿈같은 이야기지만 자꾸 듣다 보니 천, 2천억, 이런 단어는 식상하게 되었고 급기야 돈 5천을 투자하게 되었다.

"사장님, 저 이거 전 재산이에요."

"이 코 묻은 돈? 내가 팡팡 불려 줄께."

그날 이후 여인은 바람이 났다.

남들은 사랑 찾아 가정을 버린다는데 이 여인은 사랑 바람이 아니라 돈바람이다.

여인의 나이 34살.

돈도 많고 사랑도 넘치면 얼마나 좋을까?

그날 이후 30살이 넘는 늙은 연상 남을 졸졸 따라 다니는 여자.

돈 5천만 원을 투자하고 50억을 꿈꾸며 몸과 마음을 다 주어 버린 여자.

그는 늙은 영감을 데리고 점집을 찾아갔다.

늙은 영감은 대기실에 앉혀 놓고 여인은 상담실로 들어갔다.

"보살님, 저는 이제 더 이상 우리 애 아빠랑은 못 살겠어요. 생활비 한 푼 갖다 주지 않고 시시 콜콜 간섭을 하며 주변을 빙빙도는 통에 장사도 할 수 없어요. 난 이제 자유와 돈만 있으면 행복할 것 같아요. 그래서 이혼할 생각이에요."

"이 사람아, 천사같이 예쁘고 착한 자식들은 어떻게 하고. 아직 젊은데 돈이야 벌면 되지."

"자식이 내 인생 살아주는 것이 아니잖아요. 그 이가 애들을 주지 않는대요. 난 정말 그이와는 행복 할 수 없어요."

"돈이 얼마나 많은 사람인가, 젊음 없이도 행복 할 것 같은가?"

"현찰 10억을 통장에 넣어 준대요. 저분도 벌려놓은 사업을 정리하고 앞으로는 나랑 알콩달콩 산대요."

"그래서 10억을 통장에 넣어 주었나."

"아니요. 지금 정리 중인데 8억 호가하는 오피스텔 2개 넘겨주겠다고 인감 증명이랑 서류 달라고 해서 건네주었어요."

"저런? 정확한 점을 치려면 내가 함께 하루고 이틀간 같이 지내보아야 하는데 그때 공수대로 내 말을 따를 건가?"

"그럼요 보살님, 그런데 무슨 점을 함께 지내면서 치나요?"

"가장 정확한 점은 먹고 입고 생활하고 자는 버릇을 보아야 공수가 가장 정확 해."

"맞는 말 같네요. 그럼 며칠 후에…."

"오늘 당장 가라하시는데."

"누가요?"

"누구긴? 신령님이 그러시지."

"어머나 그래요?"

그날로 금강보살은 한 여인과 그 여인의 미래 남편인 늙은 영감 노회장과 동석을 했다.

"회장님 내 삶의 위안을 주시는 금강보살님이세요."

"예. 반갑습니다. 반갑습니다. 잘 부탁드립니다."

보살은 24시간을 함께 지내기로 했다. 한 여인이 운전을 하고 그 사내는 조수석에 앉았다. 보살은 뒷자리에 앉았다. 그 사내는 잠시도 쉴 새 없이 오고가는 핸드폰으로 업무를 보고 있었다. 수십 수백 억대의 건물 공장을 팔고 넘기는 내용이었다. 얼 듯 보기에 큰 부동산을 매각하는 중개자 같았다. 그러나 그 사내는 자기가 운영하던 회사나 건축물을 정리한다고 했다.

"보살한테 밥을 얻어먹으면 재수가 있대요. 오늘 점심은 내가 살께요."

금강 보살이 복채 받은 돈을 꺼내 들며 말했다.

"어마 그래요. 고마워요 보살님."

점심은 금강보살이 샀다. 물론 먹거리 장소 안내는 안목 있다는 사내가 했다. 양평 물가에 자리잡은 해물찜집으로 들어갔다. 식단이 푸짐했다.

"잘 먹었습니다. 저녁은 제가 사겠습니다."

사내가 정중히 인사를 했다.

"오빠, 당근이지. 호호호."

한 여인이 웃었다.

한 여인은 노회장을 오빠라고 불렀다.

저녁 시간이 되었다. 분위기 있는 곳으로 가서 차 한

잔하고 저녁을 하자는 의견에 만장 일치, 세 사람은 귀곡 산장으로 갔다. 해가 넘어가는 시간, 다른 곳보다 어둠이 빨리 찾아 온 산속이다. 출입구부터가 으시시했다. 입구에 머리를 풀어 산발한 마네킹이 입에 피를 흘리며 소복으로 맞는다. 마네킹이지만 섬뜩하다. 안으로 들어가보니 때를 지났거나 늙어서 못쓰게 된 옛 물건들이 먼지를 가득 뒤집어 쓰고 즐비하게 놓여 있다. 고장난 시계, 손풍금, 키, 다래키, 똬리, 물레, 쟁기, 탈…. 해골모형 등등 음산한 분의기를 자아냈다, 메뉴는 감자전, 묵, 김치, 소주….

술이 만취되자 여인과 사내는 연인들만의 특유의 스킨십이 만발 했다. 몸을 못 가눌 정도로 만취했다. 한 여인이 비틀거리며 계산대로 걸어갔다. 저녁을 산다던 사내는 잠자고 앉아 있고 계산은 한 여인이 했다.

'돈을 넉넉하게 맡기고 지출은 한 여인이 하게 하는군.'

보살이 속으로 뇌이며 차를 몰고 나갈 일을 걱정을 하고 있었다.

두 사람이 만취가 되어 운전을 할 수가 없었다. 보살이 운전을 할 줄 아나 계곡이나 비탈지고 험한 고갯길엔 모험을 하고 싶지 않았다.

"어, 대리운전 불러."

"4만 원이랍니다."

카운터에서 통역을 했다.

"좋아. 4만 원이건 10만 원이건 불러."

사내가 큰 소리를 치며 호탕하게 대리운전기사를 불렀다.

"보살님, 2차도 제가 내겠습니다. 최신 노래 카페입니다."

노회장이 취기 어린 목소리로 외쳤다. 대리운전으로 세 사람을 태운 승용차는 천마산 기슭 어느 카페 주차장에 닿았다.

"어마, 나 돈 2만원 밖에 없네."

한 여인이 백을 열며 걱정을 한다.

"회장보고 내라 해."

"그 사람? 지금 돈 없어요."

현찰이 없다는 말로 듣고 보살이 2만 원을 내어 주었다.

일행은 노래카페 안으로 들어갔다. 첫 손님이었다. 카페 안이 텅 비어 있었다.

첫 손님, 첫 테이블, 첫 마수라는 입장이 부담이 되는 자리다.

"양주 가져오시오."

"오빠, 돈 있어?"

"걱정하지 마. 내가 누구여?"

"알써, 보살님 계신데 실수하면 안 돼."

여인과 사내가 주고받는 대화였다.

취기가 흥건한 여인과 사내가 번갈아 마이크를 잡고 노래를 부른다. 좀처럼 마이크를 놓지를 않는다.

보살 차례가 되었다. 보살은 인사차 한 곡을 부르고 만원 지폐 한 장을 바구니에 넣었다. 밴드 마스터가 신바람을 낸다.

'아. 돈의 힘이란 바로 이런 것이구나.'

보살이 생각에 잠긴 동안 진행자가 바뀌었다.

어느새 손님들로 테이블도 제법 가득 찼다. 이쪽 저쪽 테이블에서 서로 노랠 부르겠다고 경쟁이다. 혼자 긴 시간을 잡자니 술김에도 미안했는지 사내가 외쳤다.

"돈 만원 없나?"

여인이 잠자고 있었다.

귀가 열린 보살이 얼른 마지막 남아 있는 지폐를 지갑에서 꺼내어 바구니에 넣었다. 그리고 얼마 후 자리에서 일어났다. 여인과 보살을 밖으로 내 보낸 사내는 30분이 지나도록 나오지 않았다. 보살이 문을 열고 들어가니 사내의 카드가 테이블 위에 즐비하게 놓여 있고 사내의 바바리코트는 주인이 검어 쥐고 실갱이를 하고 있었다.

카드마다 다 정지가 되어 계산할 수 없는 상황임을 짐작하고도 남았다. 보살은 남자와 여인의 자존심을 생각했다. 주인을 향해 보살이 눈으로 신호를 보냈다.

'그 남자를 내 보내시오. 내가 계산하리다.'라는 신호를 귀신같이 알아들은 주인이 바바리코트를 건네주었고 노회장이 밖으로 나왔다.

이어 주인도 도망갈세라 노회장을 바싹 따라 붙었다.

"화장실이 안에 있나요?"

보살이 주인에게 눈짓을 했다.

"예."

눈치를 알아차린 주인이 현관문을 열고 계산대 앞으로 다가와 보살이 내민 카드로 술값 30여만 원을 긁었다.

보살도 사내도 바람난 여인도 돈이 없다. 보살이 서툰 밤길에 운전대를 잡았다.

영감이 산다는 근방의 빌라로 들어갔다.

"이 집은 친구 집입니다. 당분간 빌려 살고 있습니다."

"아뿔싸, 부자 거지로구나."

노회장이 속빈강정이란 것에 힘을 실어 주었다.

안방은 노회장 친구 내외가 자고 있었고, 겨우 두 사람

113
장물이 된 내 아내

이 누울 만큼 작은 방에는 4살 정도 되는 남자아이가 자고 있었다.

"이 아이는 누구야?"

"저 사람… 엄마는 죽었대요."

보살이 묻자 기어들어가는 목소리로 한 여인이 입을 열었다.

보살은 잠을 자는 둥 마는 둥 뜬 눈으로 새고 이튿날 서실에서 노회장과 자고 있는 한 여인을 깨워 여인의 집으로 갔다. 남편은 집에 없고 아이들만 학교 갈 준비를 하고 있었다. 보살이 아침상을 챙겼다.

아이들이 아침을 먹고 학교로 갔다. 보살은 소반에 옥수 한 그릇을 떠놓고 신령님을 청배했다.

"돈? 돈이 많더냐? 이건 아니다."

"지금은 돈 없어요. 지금까지 내가 다 썼어요. 술값 외상도 100만원이 넘고, 내가 돈 500만원도 꾸어 주었어요."

"오피스텔 등기 넘겨준다는 거 뻥이구나."

"신탁이 걸려 있어서 좀 늦는대요."

"지금까지 실증이 된 것이 한 건도 없구나."

"예."

"만난 지 3개월에 빈말이 한 푸대가 넘는구나."

"큰 굿을 해도 길이 보이지 않는 악연이다. 이 일을 어쩌나 명주실타래 같이 엉켜서 좀처럼 풀기 어렵구나. 정신 차리지 않으면 큰일 난다. 살기도 번치고 손재수도 겹치고 가정이 풍비박살 나게 생겼구나. 헤어져. 이 사람 사람이 아니고 무기구먼!"

보살이 몸을 부들부들 떨었다.

"나 아무 말도 안 한 거야. 알지? 말귀 알아들었으면 입단속하고 나는 아무 말 하지 않은 거야. 난 가네."

고개를 설레설레 흔들며 술값을 받아 든 보살은 한 여인의 집을 황황히 빠져 나왔다.

3. 들고 날수도 없는 자리는 토사구팽

부서진 시멘트 길에 폐허가 즐비한 재개발 지역에 아직 이사를 하지 않은 집의 베란다에 빨래가 널려 있다. 서로 각 방에 등을 돌리고 누워 있는 노회장과 한 여인.

모양은 한 가족이나 마음은 이미 떠나 남은 것은 애증 뿐이다.

하늘 닿던 에드벌룬, 풍선 꿈이 부도가 나고 끼니조차 어려운 가난은 불신으로 한 여인은 죽지 못해 목숨을 부지하고 있다.

장물이 된 내 아내

'그래도 한 때는 꿈꾸는 재미라도 있었는데….'

여인은 파노라마처럼 지나간 단막극 같은 어제 일을 떠 올린다.

"너하고는 꿈마저 꿀 수가 없어서 그랬다. 왜. 너, 바람 빠질 꿈이나 꿀 수 있었어? 그날이 그날이고 장래가 보 아지 않아서 나도 한번 잘 살아 보려고 투자라고 해 본 것이 이렇게 되었지."

여인은 남편하고 주고받던 지난 기억에 머물렀다.

"알아. 그렇지만 아니다 싶으면 돌아오지 왜 자꾸 없 는 돈을 갖다 넣었어. 부모님한테 받은 아파트 전세금도 다 갖다 넣고 카드에, 사채에 거기 들어간 돈이 얼마야. 몸 버리고 맘 버리고 애들도 자주 못 보고."

남편이 원망스럽다는 듯이 들어간 돈 이야기를 한다.

"그럼, 어떻게 해, 백만 원이면 1억을 건지고, 천만 원 이면 천억을 건진다는데."

"내일 돈 나온다니까 또 기다려 보는 거지."

그렇다. 노회장 내일, 내일…. 매일 내일이면 일확천 금이 쏟아진다고 말하며 5년이란 세월이 흘렀다. 주머니 단돈 천원도 없으면서 대포차를 뽑아 타고 다녔다. 기름 값, 세금 일체 비용을 한 여인의 카드로 그어댔다.

어찌 그럴 수가 있는지, 그 여인의 입장이 되어보지

않고는 아무도 이해 할 수 없는 일이었다.

"몸을 피해 혼자 사는 친구 집으로 도망을 갔었지. 핸드폰 추적에 내가 있는 장소는 들통이 나고 그날 새벽 문자가 온 거야. 너는 포위 되었으니 친구 피해 주지 말고 순순히 나오라고. 그 때가 새벽 3시. 나는 가방을 들고 친구에게 알리지도 못하고 그 집을 나온 거야. 대문밖에는 떡대같은 남자들 4명이 서성거리고 있었지. 그때서 주먹 꽤나 쓰는 놈들의 끄나풀이라는 걸 알았지. 나는 이제 독사 굴에 갇힌 개구리라는 걸 알았어."

그리운 자식도 허락을 맡아야 가서 볼 수 있었고, 먼발치에는 늘 노회장의 차가 감시를 하고 있었다,

아파트 부지를 보러 갈 때도, 건축회사 사무실에 갈 때도 심지어는 거래처 손님들과 만날 때도 노회장은 한 여인을 액세서리처럼 달고 다녔다.

"제 집 식구입니다."

넉살 좋은 노회장은 너털 웃음을 웃으며, 젊은 여인을 내새워 자기의 능력을 과시했다.

'어마. 미식 거려. 주방에서 수저를 가져다가 자기 수저라고 하는 사람.'

'양심에 털 난 사람. 심장이 서너 개 되는 사람이라는 건 알고 있었지만….'

여인은 잠자고 목례를 하곤 했다.

그래도 그 때는 혹시나 오늘은 대박 소식이 있을까하는 기대 속에 풍선을 손질하며 옆 자리에서 웃음을 흘렸지만 지금은 바람 빠진 풍선, 남은 것은 포악하게 변질된 애증뿐이었다.

오늘은 돈이 들어온다는 날이다.

어제는 중요한 서류에 도장을 받아내어 사업의 청신호가 들어 왔다고 길길이 뛰며 좋아 했다. 축배라도 들 기분에 들떠 있던 여인에게 초를 치는 바람에 여인은 오늘 아침 분개하고 있다.

내일로 미루며 살아 온 5년간 긴 세월이다. 지금도 카드빚이 대추나무 연 걸리듯 했고 주머니에 잔돈 10원이 없다. 여인은 어제 밤 일을 기억한다.

"도장을 받아. 이젠 고민 끝인가? 언제 돈 들어 와?"

"내일."

"그래? 오빠 우리 축 배주 한 잔 할까?"

"나 힘들 때 좀 그리 해 보지."

"오빠 힘들 땐 나도 힘들었잖아."

"니가 뭐가 힘들어? 힘들면 나만큼 힘들어?"

언성이 점점 높아 갔다.

"오빠. 카드빚에 쫓기고 은행돈 이자에, 생활비 마련

에 여자 몸으로 그 보다 더 힘든 게 어딨어? 오빠는 맨날 내일 내일, 이 말만 하면 됐잖아."

"그래서 가끔 나가 몸 팔아 왔냐? 개같은 년."

집으로 돌아온 노회장은 한 여인을 벌레 취급했다.

"오빠 이제 일이 좀 풀리니까 내가 짐이 되는 거야?"

"저 말하는 거 좀 봐, 오늘은 도망가고 싶지 않니?"

"뭔 소리야?"

"너 도망가고 싶은 거 다 알아. 도망가지 그래."

"오빠, 술 깨고 내일 이야기 하자."

둘은 등을 돌리고 밤을 새웠다.

아침이 되자 노회장은 어딘가에 핸드폰을 걸었다.

"그래, 아빠 일 잘 됐다. 그래 그래 돈 벌면 누굴 주겠 니. 우리 딸 주지

그래 그래."

"뭐야? 돈 벌면 누굴 줘? 내 돈 갚이 주어야지. 그 싸 가지 없는 딸년을 줘?"

"저 개년 좀 봐. 그래. 천륜을 끊어?"

노회장이 문을 열고 나갔다.

미우니 고우나 싸움 끝에서도 여인을 꼭 끼고 출근을 하던 노회장이 오늘은 그녀를 헌신짝 버리듯 팽개치고 나가버렸다.

보다 남남처럼 살겠다던 시집간 딸과 다정히 이야기를 주고받으며 여인의 속을 뒤집어 놓고 출근을 했다.

천륜을 어찌 막겠는가. 그러나 노회장의 부녀 관계는 유별났다. 노회장이 교통 차 사고로 수술을 해야 할 때 가족이 승낙서에 싸인 해야 하는 상황이었으나, '나 그런 사람 몰라요.' 냉정하게 뿌리 쳤던 딸.

딸네집 근처에서 기름이 다 떨어져 길가에 차가 멈추어 기름값 5만 원만 달라고 했을 때도 거절했던 딸이다.

그때마다 한 여인이 달려가서 보증을 서고 싸인을 했고, 기름도 넣어 주었던 것이다.

"이젠 딸이고 뭐고 상종 안 해, 오직 돈 벌면 빚 다 갚아서 주고, 네 아이들 잘 살게 해 주고, 남은 여생은 너하고 행복하게 살 거야."

하던 사람이 돈이 생길 기미가 보이니 딸에게 돈을 주겠다고 약속을 하는 것이다. 받을 돈 한 푼도 못 받고 빈손을 쫓겨나게 생긴 한 여인은 오열 할 수밖에 없었다. 여인은 노회장에게 문자를 넣어 마음을 전했다. 아니 마음이 아니라 포악과 저주를 퍼붓고 있는 것이다.

"이제까지 너와 꾼 꿈에 미련이 있었어. 이제 일이 잘 되어 대박 꿈이 이루어 진 날. 얼마나 기다리던 날이었어. 이 좋은 경사에 내가 골치 덩어리로 전락했다는 생각을 하니 분하고 억울해서 활복을 하고 싶은 심정. 니가 아니? 축배라도 들어야 되는 거 아니야? 너. 그 말 무슨 뜻이야. 그 눈빛 그 태도. 토사구팽이야?"

"글쎄, 너 편한 대로 생각하시고 나가고 들어오는 것도 마음대로 해."

노회장한테서 답이 왔다.

"말 돌리며 애매모호하게 끌지 말고 결론을 줘. 너의 결정에 따라 인생 전반의 그림을 재수정 해야 하는 내 신세가 우습지만 어쩌겠니, 자업자득인데. 닥친 상황에서 거취를 정해야지 너무 늦었지만 아직은 살아있으니 방이라도 얻어주던지. 은행 이자 나가는 원금 일부라도 갚아 줘라."

"기대지 마라. 너와 살며서 툭하면 뛰쳐나가고 툭하면 기어들어와 이런 이야기 어디 한 두 번이니? 너의 이런 습관적 히스테리에 난 질렸다."

"너 내 행복했던 가정 다 깨 놓고 내 아이들 다 고아처럼 만들어 놓고. 넌 나 납치하다시피 하여 돈 다 뺏고, 몸 뺏고. 네 병아리 같은 새끼 내 손으로 키우게 하고 먹이고 입히는 식모살이 다 내 돈으로 하며 오늘에 왔어 일이 잘 되었다는 마당에 나를 버려? 토끼 다 잡은 개 잡아먹는 토사구팽이야? 양심도 없는 너, 천벌 받을 거야."

"너 같은 년 만난 게 천벌이지 별 거냐?"

"저런 개 같은 너를 위해 불공드리고 기도 한 것이 후회된다."

"너 언제 나에게 물어보고 외출하고 외박 했어? 꼴갑잖은 말 하지도 마. 난 너만 보면 화가 나. 내가 왜 웃음이 없어졌는지. 내가 왜 냉대하는 지 알아?"

"그야 답답하고 속에 열불나면 친구 찾아가 풀고 들어오는 일이었지. 그렇다고 내가 살림을 안했니? 네 새끼 밥을 안 챙겨 주었니? 그렇다고 네가 단돈 10원 하나 갖다 주었니? 당신이 나를 보면 화가 나듯이 나도 그래 그래도 가끔은 화해의 미소를 지어보이지만 냉담한 너의 태도에 난 다시 굳어지고 엇갈리는 관계 속에서 나날이 힘겹기만 하고 다시 한 번 다짐하지만 폭 삭은 얼굴로 잠든 모습을 보면 애처롭고 언제까지 이렇게 살아가려는지 꿈은 있는 건지 실망할 때가 많아서 그랬지."

'그러니 너, 나 둘 중 누군가 변해야겠지. 어느 것이 정상인지. 상처의 끝은 있겠지. 넌 엄청난 상처가 무엇인지 모르는군. 한 번은 꼭 바뀌어야 하는 깃 진심으로 신뢰하고 믿음이 와야 되는 시간이 필요 해.'

"이제까지 힘들 땐 나한테만 딱! 붙어서 딸년 안본다

고 떠들더니 이제는 시시콜콜한 얘기까지 문자질로 주고받을 만큼 편해지고 목돈까지 챙겨주겠다고 약속 할 만큼 천륜이 중요해진 거야? 그 힘들 때 진작 좀 그 친딸년 하고 친하게 지내지. 내 등골 다 빼먹고 살만해지니 뭉치는 게 가족이고 혈연이면 내 가족 내 애들도 생각을 해 주워야지. 내 앞에서 새끼 보듬끼면서 약 올리고 나보고 네 자식들에게 이래 저래 보듬어주라고 명명하는 건 너무 잔인하잖아. 그건 날 괴롭히는 일이고 야비한 인간이지."

"넌 돈 받으려고 옆에서 괴롭혔냐 개년."

"당연히 돈도 받아야지. 자그마치 목돈 5억 원에다 5년간 먹이고 입히고, 내 돈으로 살았으면서 내가 돈 달라는 게 개년이야? 내가 왜 이렇게 열 받는지 너가 몰라 그래? 입장 바꿔놓고 생각해?"

노회장이 이렇게 기회주의적이고 야비한 게 본질이라는 것을 이미 짐작도 하고 확인도 했지만 도망칠 수도 없고 붙어 있을 수도 없는 상황이었다.

여인은 오늘만 오늘만 기회를 보면서 제발 나를 놓아주길 고대 했었다.

그러나 지금은 가고자 해도 갈 수가 없는 상황이다. 무일푼 아니, 빚더미에 눌려 죽고 싶은 심정이다.

4. 장물아비가 되고 싶은 남편의 배회

한 여인은 강원도 두메 산골에서 자라 읍내에 나와 겨우 읍내 중학교를 다녔다.

수몰지구 보상으로 고등학교 입학은 했으나 학교 운동장에서 첫사랑, 지금 남편을 만나 중퇴를 하고 어린나이에 결혼을 했다.

그러나 식구는 늘고 생활고는 이어졌다. 강냉이죽으로 겨우 끼니를 때우며 자란 화전민 딸 한 여인은 부자가 되고 싶었으나 꿈은 산산조각이 나고 다시 가난의 무덤으로 들어 간 것이다. 무엇이든지 닥치는 대로 일을 잘할 줄 알았던 남편은 돈벌이가 신통찮았다. 늘 돈에 갈급이나 첫 아이를 등에 업고 폐휴지를 줍기도 하고 콩 몇 단을 들고 시장에 나가 팔기도 했다. 도회로 나간 후 부터는 남의 집 청소도 해 주며 닥치는 대로 돈벌이에 뛰어들었다. 여인은 돈이 한이 되어 돈바람이 났다.

그리고 과묵한 남편 하고는 헛꿈 꾸는 재미마저 느끼지 못했다.

그녀는 건설팅하는 건달늘 틈에서 가슴이 부풀대로 부풀었고, 혹시나 마음 조이며 대박을 꿈꾸었다. 한 미천 잡으면 빌린 돈을 갚고 이율 배당을 받아 남편과 아이들을 돈 방석에 앉혀 주고 싶었다. 큰 돈만 벌 수 있다면 아이들을 잠시 잃어도 좋고 가정이 풍비박산 나도 자기 하나 희생으로 행복하다 생각했었다. 무모한 꿈일지 모른다는 생각은 꿈에도 없었다.

노회장하고 이야기를 하면 붕 마음이 하늘에 올라 파라다이스를 거니는 기분이었다. 그와 이야기 하는 동안은 억억억 천억이 이웃집 강아지 이름이었다.

"자 봐. 이 하천부지를 내가 다 불허 받았거든, 땅이 잘 생겼지? 강을 끼고 있어서 명당 중 명당이고 이게 몇 달이 뭐야 곧 오를 거야. 못 올라도 배로 오르면 그 돈이 얼마야, 몇 천 억이다."

"어마, 오빠 그럼 그 돈 다 우리 꺼 되는 거야?"

"우리 돈이 아니라 네 돈 되는 거야. 난 돈 필요 없는 사람이야. 여기가 아파트 17층 짜리 30동이 올라가고 유락시설이 들어오고 시공사 업자들이 서로 달라고 돈 싸들고 오면 그게 다 누구 돈이니? 네 돈이다."

"정말?"

"이게 속고만 살았나? 너 내가 어떤 사람이라는 걸 전혀 모르는구나. 두고 봐 내일부터는 돈 걷어드리느라고 정신없이 바쁠 거다. 자 기름 넣자."

"카드 되나 몰라, 막아야 하는데."

"내일이면 다 된다니까."

"알써. 오빠."

여인은 이 카드 저 카드 뒤적이다가 남편 카드를 내밀었다.

"되면서 그래. 너 나 의심하는 거야?"

"아냐, 이 거 애들 아빠 충식이 거야."

"누구 거면 어때 내일이면 다 해결 될 텐데. 내가 이자까지 꽉 채워 줄테니 걱정 말어. 오늘은 맛있는 거 먹자. 갈비 먹자. 한우 생갈비."

"그래 오빠. 먹자."

이렇게 내일 내일 하던 돈은 오늘도 내일 내일로 미루어 졌다.

한편 한 여인의 주변을 빙빙 놀고 있는 여인의 남편 충식이는 오늘도 그녀의 주변을 맴돌고 있다.

"몸은 건강하지. 아파트 전세 빼서 사채는 막았어. 너무 걱정하지 말어. 애들은 학교 잘 다니고 있어. 너무 걱정 말고 너만 행복해."

남편 충식으로부터 문자가 들어 왔다. 여인의 가슴이 쿵 내려 앉았다.

겨울은 돌아오는데 그 작은 둥지 팔았으니 아이들하

고 거리에 나 앉게 생긴 가족을 생각하니 억장이 무너졌다.

"어떻게 하니? 미안 해. 나 때문에 거리에 나 앉게 생겼구나. 집 팔기 전에 돈 받아 해결할 것 같았었는데. 내가 천벌 받을께."

여인이 답을 했다.

"그런 소리 말아. 네가 그리 된 것도 내가 못난 탓이야. 벌은 아내를 지키지 못한 내가 받아야지. 사랑은 받고 사는 거지?"

"에궁 사랑 같은 소리 하는구나. 내가 지금 사랑 찾아 이리 된 거야? 오직 돈, 돈 벌려고 다 이 꼴이 된 거지."

"그나저나 애들하고 어쩌면 좋으니?"

"여기 재개발해서 이사 간 빈집이 있어 겨울은 날 수 있을 거야. 걱정하지 말고. 건강만 해."

핸드폰이 조용해지자 여인은 눈물을 펑펑 쏟으며 통곡을 했다.

남편이 불쌍했다. 오직 자기만을 바라보면 사는 슬픈 해바라기 사랑이 오늘따라 몹시 가여웠다. 여인은 핸드폰을 열어 엄지손가락으로 문자를 꼭 눌렀다.

"요즘은 혼자 있어. 너 시간 있어?"

"그래? 너 나올 수 있어? 안 지켜?"

"응, 빼먹을 거 없어서 버려진 것 같아."

"그럼, 만나도 돼?"

한 여인은 택시를 타고 시내 중심가로 달렸다. 중간에 남편 차에 올라 한적한 산골짜기 모텔로 들어갔다.

"나 빨리 돌아가야 해."

"알아."

"너 더러운 내가 그리도 좋으니?"

"더럽긴. 더러우면 세탁하면 되지. 한 번도 생각해 보지 않았어. 돌아오기만 하면 좋겠어."

한 여인은 몸을 내 주고 미안한 생각으로 가득 찼다. 고향에 온 듯 맞춤 옷을 입은 듯 행복했다. 잃어버렸던 사랑을 찾았을 때 그녀는 눈물 범벅이었다.

"울긴."

남편 충식은 휴지를 빼서 그녀의 눈물을 닦아 주었다.

"울지 마. 난 네가 살아 있는 것만으로도 행복 해."

남편은 따뜻한 물수건으로 정액으로 질펀한 그녀의 옥문을 닦아주었다.

말은 별로 없이 과묵하지만 자상했던 남편이었다.

달꽃이 비쳐 침대 시트를 벌겋게 물들인 날은 얼른 시트를 세탁기 안에 넣고 돌렸다. 그리고 달려나가 슈퍼마켓에서 생리대와 이쁜 팬티를 사다 침대에 놓아주곤

일터로 가곤 했었다.

오늘도 그 자상함은 변함이 없었다.

"사랑은 변하지 않는 거야. 달다고 삼키고 쓰다고 뱉으면 사랑 아니야."

남편이 말했다.

"난 사랑 아니야. 충식씨!"

"왜 사랑이 아니야? 나 싫어서 간 거 아니잖아. 돈 때문에 시작한 일이고, 돈 받으려다가 그리 된 거잖아. 니가 돈을 벌려고 하는 건 다 나를 사랑하고 우리 가정을 사랑해서였잖아."

"맞긴 한데 너무 무서운 사람을 만났어."

"그거 나도 알아, 움츠리고 뛸 수 없이 갇힌 몸이라는 거."

"호랑이 굴이면 무섭기만 하지. 독사 굴이야. 그래도 돈이나 받았으면 좋겠어."

"난 돈보다 너를 버렸으면 좋겠어. 내가 얼른 데려 오게. 섹스는 잘 해 주니?"

"애궁 늙은 놈이 하면 얼마나 하겠니? 나 너에게, 애들 곁으로 돌아가고 싶어."

그녀는 이 소리가 목을 치밀어도 말 할 수가 없었다.

"같이 밥도 한 끼 못 먹고 미안해."

여인이 남편 충식에게 말했다.

"아니야 밥보다 더 좋은 사랑을 먹었잖아, 건강 해."

남편이 주머니에 그녀의 주머니에 지전을 넣어 주었다.

"잘 가. 아이들과 내가 기다리고 있으니 건강만 해."

충식이가 택시 정거장에 그녀를 내려놓고 사라졌다.

그녀가 헐레벌떡 달려와 현관문을 열었다.

가재미눈을 뜬 노회장이 한 여인을 쏘아보며 외마디 소리를 질렀다.

"어 어딜 까지러 다니는 거야? 어느 놈을 만난 거야."

"잠깐 친구 만나서 돈을 좀…."

"왜 전화 안 받아. 친구는 무슨 친구 새서방 놈 생겼어?"

"아이고 누구 죽일 일 있어? 나랑 만난 동네 오빠들 선배 후배 다 팔다리 꺾어 놓구. 내가 핸드폰만 해도 모두들 도망가는데 말 같은 소릴 해야지."

"그럼, 왜 핸드폰 안 받아?"

"언제 했는데."

여인이 핸드폰을 열었다.

"집 전화. 집 전화로 했지. 코드 뽑아 놓았어?"

"아니, 자느라고 못 들었나 봐."

"너 요즘 수상해 다시 애들 따라 붙여야겠어."

"붙이던지 말던지. 아이고 저 때려 죽일 악마."

한 여인은 마음속으로 칼을 갈며 주방으로 향했다.

"오빠, 저녁 상 차릴게."

"뭐 맛있는 거 있어?"

'웃겨, 정말 돈 한 푼 없는 주제에 큰 소리만 탕탕치고. 뭐 맛있는 거? 참 세상에 이런 뻰식이는 없을 거야.'

여인은 장바구니를 들고 현관문을 연다.

"어딜 가?"

"맛있는 거 달라며?"

남편이 택시비로 준 돈, 버스타고 남은 잔돈이다.

돈 아끼느라고 버스를 타고 남은 돈으로 백숙용 닭 한 마리를 사들고 왔다.

이빨도 다 빠지고 흔들리는 입으로 닭고기가 들어갈 때마다 속이 미시 거렸다.

'아이고 내가 미쳤지. 돈, 돈. 저 꼬락서니 좀 봐. 관상을 보니 돈 붙을 자리는 한 군데도 없구먼.'

생각에 잠겨 있는데….

"그러고만 있지 말고 고기 좀 찢어 놔 봐. 여자가 서비스가 없어."

'어쩐지 먹어보라는 소리도 없이 며칠 굶은 사자처럼

허겁지겁 먹더니 이제 좀 배가 부른가 보군. 트집 잡는 꼴이.'

여인은 잠자코 고기를 발려 영감의 수저에 올려놓았다.

"아빠 다녀왔습니다."

현관문을 연 7살 밖이 아들이 달려와 주름살 가득한 영감 볼에 쪽쪽 입을 맞춘다.

"어서와 고기 먹어. 누리 것 가져와."

"한 마리밖에 못 샀는데."

"그래? 애는 안 먹일 작정이었어? 넌 어째 인정머리가 없니? 새끼 안 키워 봤어?"

"걘 아무거나 잘 먹잖아."

"아무 거나? 누리가 돼지 새끼야?"

"국물에 고기 몇 첨 주면 되지 뭐."

"내가 줄줄 몰라서 그러는 거야? 네 생각이 문제라 이거야."

"알았어 그만 해. 돈이 없어서 그렇지 돈 있으면 나도 한 마리 먹고 싶어. 왜 그래? 돈 한 푼 안 가져 오면서 큰 소리야."

"이년 봐라. 너 나 그리 괄시하다 내일 돈 들어오면 어떡할래?"

"오늘이라더니 내일이야? 정말 돈 나와?"

"그래."

내일 내일이 한 주가 가고, 한 달이 가고, 해가 바뀌어 5년째다.

한 여인은 반신반의다. 좁아 빠진 연립 주택 앞에는 차를 세울 곳이 없었다.

재개발할 헌집을 헐어낸 빈 공간이 있어 노회장은 그곳에 차를 바치고 돌아 왔다.

"차 시동 걸고 있어."

"노회장이 세면장으로 들어갔다."

얼른 차가 있는 곳으로 달려가 시동을 켰다. 꽃다발이 놓여 있었다.

장미 백송이쯤 되어 보였다. 하얀 메모지가 끼워 있었다.

"선아. 오늘 우리 결혼기념일이야. 사랑해. 끼고 다닐 수 있을지 모르겠다. 아니면 팔아서 써. 충식이."

꽃 속에 놓인 선물은 세 돈쯤 되어 보이는 순금 반지였다. 한 여인은 얼른 꽃다발을 뒷 트렁크에 집어 넣었다. 반지는 가방 속에 숨겼다. 가슴이 불쎄미질을 했다.

연민과 후회와 증오가 뒤범벅이 된 한 여인은 계속 눈물을 닦아댔다.

"고마워. 충식씨. 이럴수록 내가 괴롭다는 거 알지? 오늘만 네 마음 받을 께."

문자를 넣었다.

"음악 틀어 봐 네가 좋아하는 테이프야."

충식이 문자를 받고 음악을 틀었다.

둘이 연애하면서 즐겨 부르던 노래였다. 충식이가 좋아하던 노래와 한 여인의 애창곡이 수록된 테이프였다.

한 여인의 추억을 몽땅 데리고 와 향수를 느끼게 하는 노래, 그리워도 돌아 갈 수 없는 남편의 품이지만 오늘따라 그리웠다.

여인은 눈물을 말리기 위해 차 창문을 열었다. 한기가 창문으로 가득 들어 왔다. 그러니 추운 줄도 모르고 넋이 나간 듯 노래만 듣고 있었다.

-나는 아내를 날강도에게 날치기 당했지만, 너는 나의 아내야. 기다릴 께, 사랑해.-

남편 충식으로부터 문자가 날아 왔다.

충식은 도둑의 장물이 된 아내를 간절히 기다리며 나무 숲 뒤에서 아내의 차를 바라보고 있다.

남편의 사랑을 확인한 여인은 남편에게 문자를 보냈다.

"용서하지 말랬더니, 고마워, 자기야. 언젠가는 돌아

갈 거야."

이때 지팡이를 짚고 절뚝거리는 노회장이 길 끝에서 걸어오고 있다.

노회장이 골목에 나타나기 전 이미 달려가 기다렸어야 할 차가 움직이지 않고 있자 노회장이 지팡이를 들고 오라는 신호를 보냈다. 멍하니 의식을 잃은 여인은 움직일 기미조차 보이지 않는다.

엄동에 창문을 활짝 열어 젖혔다.

열린 창으로 찬 바람은 꾸역꾸역 차안으로 들어왔다. 차안은 냉기로 가득 차 오르고 여인은 아랫 입술을 꽉 물고 노회장 쪽으로 차를 몰았다.

"아이 추워. 너 히터 안 틀어 놓고 뭐 했어?"

"기름이 없어서…."

"내일이면 돈 나오는데…."

'이젠 콩으로 메주를 쑨다 해도 안 속아.'

여인이 속으로 뇌이며 차를 출발하려고 하자 제복을 입은 사람 세명이 다가왔다.

"김승호씨 맞지요? 경찰입니다. 영장입니다."

"제목이 뭡니까?"

노회장은 당당 했다.

"사기 및 가정 파괴입니다."

"너 신고 했어?"

"아니?"

"이수진이 고발을 했습니다. 경찰서에 가셔야 겠습니다."

김승호는 순간 얼굴이 파랗게 질려 버렸다.

제복을 입은 한 사람이 영장을 보이며 노회장을 차에 태우고 사라졌다.

뿌린대로 거둔다더니…. 여인이 긴 한숨을 내 쉬었다.

노회장을 싣고 사라지는 승용차 뒤로 하얀 눈꽃이 떨어지고 있었다.

사랑의 덫

1. 3학년의 정교한 덫과 7학년의 먹이

'남녀칠세부동석 (男女七歲不同席)'

유교의 옛 가르침에서 일곱 살만 되면 남녀가 한자리에 같이 앉지 아니한다는 뜻으로, 남녀를 엄격하게 구별하여야 함을 이르는 말이 있다.

남자 나이 7살이면 성을 알게 된다는 뜻으로 풀이되어 여자는 나이의 많고 적음을 문제 삼지 말고 남자를 조심해야 된다는 말이다.

생리적 욕구의 사랑,

30대 남자와 70대 여자.

어떻게 그 관계가 가능할까?

적어도 생각하는 동물, 최고의 지성인들이다.

아무리 도덕이 땅에 떨어진 말세라 해도 있을 수 없는 일이다.

"열이 할머니. 조심하셔. 요즘 사기꾼들이 고령의 노인들을 노린대요."

"설마. 이 늙은 걸 무엇에 쓰려고…."

남의 일이라 밀어 붙였던 그날의 몽자가 오늘은 오열하며 도리질을 쳤다.

문만 열면 먹고 살기 위한 치열한 전쟁터다.

몽자 나이 7학년이고 연하 남, 그는 3학년이다.

요즘 항간에서는 나이를 학년에 비유하는 것이 유행이다.

7학년은 70대 3학년은 30대를 의미한다.

서화담과 황진이 격의 커플사랑이라면 고무적 아름다움이겠지만, 요즘 흔한 사랑놀이라면 돌팔매질을 면치 못할 것이다.

그건 이 세상 사랑법이 아닌 원시 시대나 가능했던 사랑이다.

그러나 연하남의 접근 원리는 초현실적 4차원의 세계를 도입한 기발한 도전이었다,

한 연하남이 몽자에게 다가와 내민 첫 번째 카드는 나비효과의 원리였다.

그 연하남의 입에서 전해진 공감가는 이쁜 말 한 마디

는 노령의 몽자를 감동시키기에 충분했다.

-참 곱다. 너는 이 다음에 나의 여인으로 태어나거라.

다알리아 꽃잎을 쓰다듬었던 전생 인연이 수십 억겁을 지나 오늘의 연인이 될 수 있다는 원리라면 이해를 하시겠는지요?-

-어머나 우리의 인연이?-

-그러지 않고 우리가 어찌 만날 수 있었을까요? 이것은 전생으로부터 예견 된 만남입니다. 다 내가 수도 정진한 열매입니다. 우리 서로는 관세음보살님이 주신 자비로운 선물. 소중한 인연입니다.-

몽자가 느끼기엔 연하남은 나이보다 성숙하였고 영혼이 맑은 수도승 같았다.

두 번째 도전 카드는 제자가 되고 싶다는 제의서다.

문학의 길을 가고 있는 교육자 몽자에게 인연의 조건이 성립 될 수 있었던 가장 큰 이유였다.

-나는 대학교 시절부터 생각을 글로 쓰는 버릇이 있었어요. 詩 형식을 빌어서 썼지만 문단의 중견 작가인 단비님에게 시 지도를 받고 싶어요.-

단비는 몽자의 카페 닉이다.

-후학도를 기르는 일이 가장 즐거워요. 우리 함께 공

부하는 자리 되어요. -

종교적으로 대화가 통하고 시적 언어로 교감하며 함께 시인의 길을 간다는 것은 몽자로서 가장 행복하고 보람된 일이 아닐 수 없었다.

더구나 몽자는 중견작가이며 전직 교사였다.

詩를 배우고 싶다는 한 젊은 청년의 바램을 저버릴 수 없는 타고난 지도자, 할미꽃 몽자는 쾌히 승락을 했다.

-훌륭한 제자를 기르는 일이 교육자로서 가장 큰 기쁨이며 보람이다.-

할미꽃 그녀가 교단에서 부르짖던 삶의 가치관이며,

학부 출신의 수재인 연하 남은 스승보다 더 훌륭한 시인이 될 수 있다는 기대감에서 몽자에게 청출어람(靑出於籃)의 꿈을 안겨 주었다.

청출어람이란 푸른색은 쪽빛에서 나온다는 뜻으로 후배나 제자가 선배나 스승보다 낫다는 의미로 쓰이는 말이다.

다시 말하여 제자의 서예 실력은 이미 스승을 능가한다!

즉 제자가 스승보다 뛰어남을 뜻한다.

이 또한 몽자가 교단에서 목표한 으뜸의 오랜 교육관이다.

세 번째 원리는 같은 도반의 입장에서 불교적 보살적 삶의 쇠뇌였다.

몽자는-내 그릇 됨을 알고 그릇 만큼에 만족하며 살겠다-는 화두로 부처님을 모시고 사는 법사 보살이다.

연하남은 무심(無心)을 화두로 삼고 수도하는 사람이라 했다.

무의도식하는 사람이지만 목적이 있는 삶이며, 스님의 경지에서 탁발을 하여 먹고 살아야 하는데, 6개월간 나가서 막노동을 하여 돈을 벌고 6개월간은 수도에 힘쓴다고 했다.

세상 물정을 모르고 어린이 꽃밭에서 물을 주고, 김을 매며 꽃처럼 아름다운 꽃 마음으로 사는 꽃소녀 몽자가 세상 문밖에 나와 처음 맞는 백마 탄 천상남이었다.

몽자는 이미 70이 다 된 꼬부라진 할미꽃이었다.

사랑기도 저물어 마음만 허기진 황혼에 백마 탄 왕자가 전생에 뿌린 인연의 씨라며 다가왔을 때 의혹 반 믿음 반으로 시작된 만남이 몽자의 가슴을 뒤흔들었다.

-어마 이 나이에 내 가슴이 뛸 수 있다는 건 저 백마 탄 왕자만이 나를 꽃으로 만들 수 있는 마지막 신호가 틀림없어.-

부처님 말씀으로 살면서 전생과 환생을 믿는 순진녀

(純眞女) 할미꽃은 한 치의 의혹이 있었음에도 긍정의 방향으로 그에게 기울고 있었다.

  천상천하 유아독존!
  석가모니부처님 이야기로 시작한 긴대화가 오고간 후 연하남으로부터 멜이 도착했다.

[꽃:
김춘수

내가 그의 이름을 불러주기 전에는
그는 다만
하나의 몸짓에 지나지 않았다

내가 그의 이름을 불러 주었을 때
그는 나에게로 와서
꽃이 되었다

내가 그의 이름을 불러준 것처럼
나의 이 빛깔과 향기에 알맞는
누가 나의 이름을 불러다오

그에게로 가서 나도
그의 꽃이 되고 싶다

우리들은 모두
무엇이 되고 싶다
나는 너에게 너는 나에게
잊혀지지 않는 하나의 눈짓이 되고 싶다.]

시를 읊은 몽자의 가슴이 파열하는 듯 감동에 휩싸였다.

그동안 감추어 두었던 꽃물이 터질듯 복받치는 흥분을 주체 할 수가 없었다.

이리도 마음까지 꼭 맞는 맞춤별이 또 있을까?

나를 꽃이라 불러주는 이가 있으면 나는 그에게 다가가 꽃이 되고 싶었던 몽자는 맘을 들켜 버린 듯 얼굴마저 벌겋게 상기되었다.

지금 그는 나를 꽃이라 불러 주겠다는 고백이며, 또한 몽자에게 꽃이라 불러달라는 고백이 아닌가 하여 서로의 꽃이 되어 의미 있는 서로가 되고 싶은 것이다.

이미 몽자의 마음이 기울고 있는데 몽자가 빠질 수밖에 없었다.

어린애로 생각했는데 성숙한 남자였다. 서화담과 황진이의 도덕적, 플라토닉한 사랑을 꿈꾸기에 충분했다.
몽자도 시 한수를 보냈다.

[꽃차 향 가득한 찻잔:
단비

한 밤중엔 차를 내리던 낚시방
차향은 독특했습니다

오늘은
보내온 꽃잎을 우려 꽃차를 마십니다
서로 꽃이 되기 위한 자리

유난히
차향에 가슴 발갛게 물들어
화접지몽
너는 나비 나는 꽃이 됩니다

우리 이젠 잔하나 마련하여
함께 풍덩 빠져 들면

서로를 우려 마시는 교감으로
꽃밭에 살겠습니다.]

　서화담 황진이의 경지는 아니지만 분명 서로가 교감
하는 시 한 편이 오고갔다.
　이렇게 멜로 마음을 입질하던 낚시 바늘은 몽자의 마
음을 꾀고 여러 차례 멜이 오고 갔다.
　연하남은 사이사이 서툰 글 솜씨로 자신이 詩를 보내
오기도 하고 여러 차례 수정과 첨삭으로 詩 수업도 진행
되었다.

　-나는 천상의 심부름꾼
　'무심'을 화두로 일각을 향해 정진하는 사람입니다.
　스님들이 아침이면 공양을 빌어 목숨을 잇듯 나는 일
체 생활을 보시로 살아가야 되는데 아직은 힘이 듭니다.
　이런 내 마음에 머문 당신은 하늘이 맺어준 인연입니
다.
　나와의 하룻밤은 보살도의 행이며 불륜이 아닌 육보
시이며 자비입니다.
　인도의 어느 설화처럼 나를 위한 자리가 아니고 수도
자를 위한 보시, 수도자에게 바치는 몸 공양이라 생각하

면 어려울 것이 없습니다.-

-나는 이미 져버린 마른꽃입니다.

드리고 싶어도 드릴 수 없는 윤기 잃은 거푸집 마음만 드릴께요.-

-손 잡음, 피부의 스침 하나

새 생명을 불어 넣어 환생의 기쁨을 드리도록 허락 해 주시면 그동안 공부한 도력을 다 털어 아름다운 꽃으로 승화 시키겠습니다.-

-젊어지는 샘물이 있다는 전설은 들어 보았지만 이 늙은 할미꽃을 오아시스로 만드신다니 정말 하늘만이 할 수 있는 전지전능의 도력을 얻으셨나 봅니다.-

고무된 할미꽃 몽자와 어린 연하남은 마주 앉아 시담과 함께 곡차를 나누어 마셨다.

약간의 취기는 용기를 주고 본능에 충실한 꽃을 만드는 작업이 되었다.

-소를 잡을 때는 물을 먹이고 여자를 잡을 때는 술을 먹인다.-

코미디 이주일이가 어느 유흥업소에서 하던 말이 가물거려도 몽자에게는 젊어지는 샘이라는 호기심과 보시라는 단어가 더 크게 클로즈업 되었다.

약간의 취기가 있었지만 자아를 상실할 만큼 헝크러지지는 않았다.

대화를 하다 느닷없이 연하남은 짐승이 되었다.

밀치고 반항할 겨를도 없이 젊은 육신에 허물어진 몽자. 운명의 신이 덥쳐왔다.

'그래 육 보시로 생각하고 내어 주자.'

할미꽃, 몽자는 그날 밤 도사라는 연하남에게 육보시로 몸을 내어 주었다.

비경이었다.

너만을 위해 주고자 했던 마음은 온데간데 없이 자신이 느낀 환희는 보시가 아닌 나를 위한 축복의 자리가 되었다.

무엇보다도 그 많은 나이에 몽자 자신이 아직도 여자였다는 사실에 고무되었다.

그리곤 수도자의 생명 유지를 위해 연하남의 언질대로 공양물을 시시 때때로 올렸다.

숭고한 만남, 천상의 인연이란 이름의 만남 자리는 사랑이라는 이름으로 진행되었다.

사랑을 등에 업고 시 공부를 하면서 점점 좋아지는 연하남의 시작품을 보면서 가르치는 자의 기쁨을 맛볼 수 있었다.
　할미꽃 몽자는
　-달로 뜬 당신은-이란 시향으로 그 기쁨을 포현했다.

[달은 밤이 아니라도 내 가슴에 달로 뜨고
찰랑거리는 물소리로 파랗게 다가와 전설이 됩니다
아주 가물가물 기억 멀리
전생에서 이어진 빛 줄 한 가닥
우리를 칭칭 감아 하나로 만든 게 분명합니다
말하지 않아도 압니다
서로의 마음속에 서로를 품어 하나입니다
오랜 아픔
가까울수록 갈증 심한 투정이 얼마나 어리석었는지
마음이 열리지 않아 서로가 들지 못하고
문밖에서 서성인 긴 시간이 있어
이제 달빛 정이라는 걸 알았습니다
달은 밤에만 뜨는 마음이 아니고
시공을 초월한 또 하나의 나를 비추어 볼 거울입니다
대낮에 보이고 들리던 고운 빛과 소리들이
둘이 아니고 하나
우리 마음이라는 걸 이제 압니다

멀다 가깝다 거리 감 없이 일체라는 걸 실감하기에
그립다 보곺다 기쁘다 슬프다
그 어떤 벽도 없이 지금은 고요한 하늘입니다
머지않아 시간이 지워놓은 토라짐의 감정에
아름다운 덧칠로 사랑은 익어갈 것입니다.]

2. 몽자는 독거미의 독에 쇠뇌되고

　-천상에서 맺어준 인연, 부끄러워 말자
　두려워도 말고
　오직 인연의 깊이로 네가 세상 소풍 끝나는 날까지
곁에 있어 줄께.-
　수도자는 할미꽃에게 말하며 큰 선사처럼 법문으로
군림했다.
　연령을 초월했고 물질 명예 모든 것을 개의치 않았다.
　할미꽃 몽자는 쇠뇌되어 백수, 수도자를 사랑하게 되
었다.
　-자긴 정이 넘어 많아, 결국 아픔이 될 건데
　정 없이도 물질이 오 갈 수 있어야 참 보살이야.-
　-정 없이 어떻게 그 벅찬 생활비를 건네 줄 수가 있으
며, 정 없이 어찌 공양을 올릴 수 있어?-

-바램이 있으면 보시가 아니고 공양이 아니지.

참 관세음보살이 되어라.-

-나는 관세음보살이 아니고 관세음보살이 되려고 노력하는 사람이야.-

-그러니 하는 말이다. 노력하는 것은 바로 실천이니 준다는 생각도 접고 보낼 수 있어야 참 보살이야.-

몽자는 비경의 그날을 떠올리며 점점 사랑에 빠져 들고 혹시 나 그날의 비경을 또 맛볼 수 있기를 기대하며 부끄러움을 잊고 만남을 기다렸다.

-너는 육보시를 한 거야

너와 나

땅 인간으로서는 있을 수 없는 기적이지.

전생으로부터 이어진 인연

너를 찾아 긴 날 나는 고독했어.-

연하남이 몽자의 손을 잡고 위안을 하고 있었다.

-아냐, 이 나이에 내가 꽃이 될 수 있다는 건

나비 너만의 능력이야

보시로 시작한 사랑에 환희를 만났어.

주기만 하리라던 마음이 산산이 조각이 나서 양이나 질로 계산 할 수 없는 큰 빚쟁이가 되었네.-

-그 또한 우리의 뜻이 아니니 개념치 말자.

좋으면 좋은 거지.-

둘은 사랑에 빠졌다.

사랑이 깊어지면 욕심도 커지는 것을 실감하며

나이 값이란 이름으로 자신의 감정을 다스렸다.

-조건부는 아니지만

선사들의 삶에 보시는 당연한 거야

나는 너에게 정신적 영양을 주고

너는 나에게 육신의 영양을 주면 돼

한 달 생활비 목록 보낼게.-

그가 요구한 생활비 목록이 도착했다.

방세 월 30만원

식비 4,000×30=12만

담배값 25,000×4주=10만

잡비 도합 월 60만원이다.

그날 이후 몽자는 일주일에 두서너 번 파출부 일을
나갔고, 생활비를 쪼개어 연하남의 생활비를 조달하였다.

일제의 외출과 만남의 길을 차단하고, 일주일 부식비
를 줄이고 헌옷 살려입기로 허리띠를 졸라맸다. 한 가정
주부가 월 60만원 상당의 지출은 허리가 휘어졌다.

-따지지 말고, 묻지도 말고, 손익을 계산하지 말고 주

어야 참다운 보시이며, 보살행이야.-

　연하남이 말한 이 대목에서 몽자는 부끄러움을 느끼며, 넉넉지 못한 생활이라 자꾸 계산을 하게 되었다.

　-계산하지 마, 넌 가지고 싶은 건 다 가졌잖니?-

　-갖긴. 부동산에 묶여 현찰이 돌지 않는 현실이야. 부동산 빚쟁이랑 말 들어 봤어? 우리가 그 꼴이라고,-

　-그러니 내가 욕심 안 내고 목숨부지의 작은 것에 만족하잖아.-

　정 한 번 진하게 드려놓고는 더 이상 만남은 이루어지지 않으면서 거금의 생활비만 건네지는 몽자는 계산을 할 수밖에 없었다.

　정을 폭 들여 놓은 연하남은 갈수록 의혹이 짙어갔다.

　연하남은 몽자가 운영하는 카페에 회원이 되었다.

　그는 등단 작가는 물론 몽자의 작품을 비하하며 상처 주기 시작했다.

　-등단한 사람들의 작품이 꼴 같다.-

　-이게 시냐 사랑 타령이지

　사랑이란 말을 쓰지 않고 사랑을 노래해야 쥐.-

　그는 리플 하나 달지 않고 다른 카페에 가서 댓글놀이에 빠졌다.

-너 내 카페에 와서 조금은 나를 도와주어야 하는 거 아냐?-

-재미도 엄서. 시도 시 같지 않아서 댓글 달기 싫어.-

-내 시라도 읽어 봐.-

-네 시? 시도 시 같지 않아서.-

-그러면서 무슨 시를 배우겠다고 나에게 왔니?

그래도 중견작가로 다진 자리인데 예의도 없다. 장점을 보는 눈을 가져라.-

몽자는 자존심도 상하고 부끄럽기도 하지만, 연하남이 자기를 무시하고 다른 카페 여자를 데려다가 히히닥거리며 노는 것이 눈에 거슬렸다.

가벼운 시샘이 발동을 하며 마음을 표출했다.

-너무하는 거 아니니?-

-아니 보살이 질투를 하다니. 마음을 비워 봐. 내 물길을 막으려는 거?-

-넌 통 우리들 같은 언어는 쓰지 않는 도인인 줄 알았더니 너도 웃고 우리들이 쓰는 언어. 땅 사람이네.-

-가끔은 중생의 언어로 중생을 교화하는 거야.-

-댓글 놀이가 넘 유치하다.-

-내 가는 길은 아무도 막을 수 엄서. 어리석은 중생이 어찌 나를 이해 할 수 있겠니?-

몽자는 연하남이 새로운 작업을 하고 있다는 인상을 지울 수가 없었다.

수도자로 믿었던 연하남은 정을 폭 들여 놓고 냉정한 자리에서 물질만 요구했다.

돈은 할미꽃에게 얻어다 살면서 다른 꽃밭을 돌며 웃음을 헤프게 퍼돌렸다.

질투심을 발동하게 하고 섭섭함을 말하면 발끈 성질을 내며 힘 잡기에 나섰다.

그가 다른 물주를 고르기 위한 작업이라는 생각에 몽자는 불안하고 초조했다.

작은 다툼이 있고, 또 화해의 글이 오고가기를 수십 차례, 그러면서 몽자의 사랑은 깊어 갔다.

-아. 수도승 흉내를 내며 먹이를 구하는 사람 소위 말하는 컴 제비다.-

판단을 내렸을 때는 이미 깊은 수렁에 빠져 있을 때였다.

[나도 살길을 찾아야 겠으니까. 어느 암자를 가던 거지 움막을 가서 부처님하고 담판을 지어야겠다.

죽 던지 살 던지 통장에 3천만 원 입금시켜라.

너랑 같이 가까이에서 애증을 키우느니 서로 찾을 수

없도록 멀리 가는 게 나을 것 같다.

깔끔하게 정리하자구나.]

[2년이 넘도록 생활비 울궈 먹었으면 됐지. 무슨 목돈을 달라니?

내가 그 많은 목돈을 주어야 되는 이유가 뭐니?]

몽자가 돈 달라는 이유를 물었다.

[네가 나에게 그 돈을 주어야 하는 것은.

네가 내 활동하는 카페에 와서 내 글에 악플 달아 나를 나쁨 놈 만들어 내 자존심을 상하게 한 댓가다.

내가 초록맥 문학이나 네 모든 카페와 네 글에 악플 달고 네 아이들 네 남편에게 이야기 다하고 당하지 않으려면… 최소한의 보상이란다.

주기 싫으면 말어라. 3천만 원이 아니라.

네 아들이나 남편에게 말해서 몇 억을 뜯어 낼 수도 있다.

더 이상 드럽게 성질 돋구지 말어라.

너랑 대화 안 하고, 네 아들이나 네 남편하고 대화하련다.

내 눈에 보이는 게 하나도 없어지니까.

건들지 마…]

[힘들게 마련하여 정 표시로 500준다고 할 때 알았어, 하면 될 걸.

이렇게 계속 협박하는 이유?

계속 협박하면 경찰서에 신고할 거야.

이젠 정 떨어져서 감정싸움 하기 싫다.

서로 실질적 이야기만 하자.]

[-듣던 중 반가운 소리다. 그래 감옥에 가면 먹여주고 재워주고, 도 닦기 아주 좋은 곳이다. 제발 보내줘라.

난 겁나는 거 없고 손해 보는 거 없다.

남편한테 상의 해 보던지 아들하고 의논 해 보던지 네 맘대로 해 보아라.

몇 천이 아니라 몇 억을 줄 거다.

누가 평생 발 뻗고 자나 함 두고 보자.

넌 좀 당해 봐야 해.-]

몽자는 마지막 멜을 받아 놓고 소강상태에 빠져 있었다.

그동안 다투면서도 생활비를 주었다. 기뻐서 주었다.

다툰다는 것을 마음을 달라는 뜻이고 아직 좋아하고 있는 감정이며, 희망이 있기 때문이다.

인연을 접자는 합의에 몇 천만을 달라고 계산서를 내밀어도 그에 미치지는 못하나 힘닿는 액수를 제시했다.

두려워서가 아니라 그의 생활을 알고 그간의 정이 있었기 때문이다.

그러나 그는 꼭 3천만 원을 받아야겠다고 엄포를 놓고 억도 부족하다면서 폭력적 언어로 협박을 했다. 있던 정도 싹 떨어지고 멍해졌다. 허탈하고 슬프고 두려웠다. 그리고 그간 베푼 것에 대한 회의가 오기 시작했다. 철저히 계획에 의한 착취라는 생각을 지울 수가 없었다. 몽자는 비상한 두뇌의 소유자 학사 출신의 가짜 선사가 설치한 사랑의 덫에 걸려들어 꼼짝없이 당하게 되었다.

몽자는 지금 갈등하고 있다.

법산스님 말씀대로 또 주어야 하나?

기쁨과 보람이 따르지 않은 베품

이건 배품이라고 할 수 없이 공갈 협박에 의한 목숨과 명예, 가정을 유지하기 위한 구걸비였다.

몽자는 어떻게 해야 할까?

사랑에 초연할 수 있어 깨침의 기회가 되면 좋겠는데, 그간 몽자가 생각했던 것은 공생이었다.

자타일시 성불도 너도 나도 다 같이 좋은 일을 생각했

었다.

[너는 귀여운 악어새
악어와 악어새처럼 살고 싶다
서로의 필요를 채워주어
가득한 안식
악어와 악어새 사랑으로 살고 싶다

너는 내 안에서 날고
나는 너의 하늘이 되어
늘 함께 하나로 사랑하고 싶다
혼자서는 반쪽 세상만 보는
외눈박이 물고기 둘이 만나 완전한 눈이 되듯
우리 서로의 필요를 가득 채워 주는
악어와 악어새로 살고 싶다.]

　그러나 그가 무서운 칼을 들고 나온 후에야 몽자는
두려움 끝에 연하남을 마음에서 놓을 수 있었다. 몽자는
그 연하의 협박을 의도적으로 해석하고 싶었다.
　이렇게 사랑이 무서운 둔기로 변한 것은 몽자의 마음
으로부터 자신을 떼어 버리기 위한 고도의 보시이기를

바랬다. 그리고 몽자는 돈을 주는 것만이 보시가 아니라는 생각을 다졌다. 그의 요구에 반기를 들어 다시는 의타심이 생기지 않도록 장치를 하고 싶었다.

어째든 이러거나 저러거나 서로가 보시차원으로 내린 결정이라 생각하기는 시기상조이나 몽자는 이렇게 생각하고 주지도 받지도 않는 상태로 결정을 내렸다.

그리고 나서

오랜만에 마음의 평정을 찾은 시 한수를 읊었다.

[먼듯 가까운 사랑道:

몽자

하늘과 땅이 맞붙어 살면서

늘 멀다 생각하니 외롭습니다

눈이 보는대로

육신이 원하는대로 채워주다 보니

가득함이 없는 갈증입니다

유다 무다

한 생각 분별심을 버리면

이미 하나입니다

교감의 날개가 산을 감고
온갖 꽃이 만개한데
꽃과 나비 꿈이 따로 있겠는가

마음마저 버리면
소리도 없고 바람도 일지 않아
고요의 바다입니다.]

3. 사랑은 용서와 화해

　몽자는 토요일 오후 남편과 함께 저녁 뉴스를 보고
있다.
　화면에 연하남과 연상의 불륜으로 남편과 이혼을 해
야 되는 상황이 전개되고 있다.
　몽자는 연하남 가짜도사를 떠올리면서 숨을 죽이고
바라만 보고 있는데
　-다 젊음이 저질러 놓은 아픔이지.-
　남편이 혼잣말처럼 입을 열었다.
　-여보 늙어 저런 사건이 있을 수 있나?-

몽자가 능청스럽게 화두를 열었다,

-다 돈을 보고 대드는 거지. 당신도 정신 차려.-

몽자는 가슴이 뜨끔했다.

-맞아. 그러잖아도 당신에게 자문을 구하려던 참인데 잘 됐다.-

-자문이라니?-

남편이 눈을 부릅뜨며 몽자를 아래위로 훑어보았다.

-어느 60대 노인이 절에 상담을 의례했는데, 요즘 협박을 당하고 있다네. 아이들과 남편에게 말하고 주변에 폭로하겠다고 협박을 한다는군. 모두들 고민하다 말았는데, 여보! 뭐라 말해 주면 좋을까?-

-잘 아는 사람이야?-

-응, 가끔 절에서 만나는 사람인데 내일 초하루라 온다고 했거든!-

-경찰에 신고하라고 그래.

자초지종 다 털어 놓고 가정에는 알리지 말고 가정보호 차원에서 잘 처리해 달라고 부탁하면 돼. 그게 가장 빠르고 정확한 해결법이야.-

-알았어. 그리 말해 주어야겠네.-

늘 손을 잡고 잠을 재워주던 남편이 뒤척이며 늦잠이 들고 몽자도 연하남의 일로 밤을 새우다 시피 했다. 일요일 내내 부부는 아무런 대화 없이 묵묵히 지냈다. 서로 의식할 마음의 여유가 없었던 것이다.

일요일이 지나고 월요일 아침이 되었다.

남편은 출근 준비를 서두르고 TV에서는 밤새 있었던 사건 소식을 전하고 있었다.

60대 노인이 흉기에 찔려 피살된 살인사건이다.

-어마 누가 한 짓일까?-

-잠깐, 범인이 잡혔네. 가까운 사람의 소행 일거야.-

남편의 말에 몽자는 범인 소식이 너무 충격적이다. 법인은 다른 사람이 아닌 딸이라는 것이다.

딸이 돈을 좀 달라고 했다가 어머니가 거절한데서 오는 우발적 살인이란다.

협박을 받고 있는 몽자는 더욱 겁에 질려 불안했고 갈등하기 시작했다.

-여보, 참 무서운 세상이야!-

-그러니 저 노인처럼 돈 있는 척 하지 말아.-

-내가 무슨 돈이 있어서 있는 척을 해?-

-사회엔 사냥개들이 많아. 돈 냄새를 맡았으면 물불 가리지 않고 대드는 세상이야.

집칸이라도 지니고 사는 당신은 신분이나 과거 경력을 보고 목적 있어 대들기 딱 좋은 사람이야.-

마치 자문해 준 노인의 일이 몽자의 일이라고 생각이나 하는 듯하여 몽자는 다시 오금이 저렸다.

-그건 그렇지. 그러나 저러나 여보, 오늘 그 노인이 오면 뭐라고 말해 주지?

몇 푼 주고 말라고 할까?-

-안 돼. 계속해서 뜯기는 장치라니까.

경찰에 신고하라고 해,

정확하고 빠른 안전장치라니까.-

남편의 목소리가 상기 된 듯 좀 날카로웠다.

-알써 그리 말 해 줄게.-

남편이 유유히 대문을 빠져나갔다.

-여보 잘 다녀와요.-

그말 끝에는 늘 뒤를 돌아보면서

언제나 팔을 힘차게 흔들어 아쉬움을 전했던 사람이다. 오늘은 대답도 하는 듯 마는 듯 횡하니 골목으로 사라졌다.

메아리 없는 헛손질을 접은 몽자는 남편이 눈치 채지 않기를 바라며, 대문 안으로 들었다.

연하남의 모습이 뇌리를 스친다.

'사랑의 큐피트 화살이 행복을 꽤 뚫고 가슴에 박힌

무기가 되다니.'

　몽자는 기억을 털어버리려고 도리질을 쳤으나, 치면
칠수록 찰싹 붙어 있는 연하남의 음성이 칭 감긴다.

　-나, 핸폰도 필요 없어 사람 만나기 싫어.

　등단도 하고 싶지 않아,

　이 세상에서 마음 나눈 사람은 단 한 사람,

　너 뿐이야.-

　폐쇄적인 그의 삶의 원인이 그간의 삶을 미루어 짐작
하게 하지만

　긍정적으로 생각하려고 머리를 흔들었다,

　-이쁜 것만 생각하자.-

　한 때 귀엽고 희망을 주던 나무늘보,

　이번엔 연하남의 미소 띤 얼굴이 스쳐간다.

　그 언제가 들려주던 목소리

　-난데.-

　공중전화 통에 매달려 전하던 연하남의 다정한 목소
리가 귓가에 맴돈다.

　몽자는 긴 한숨을 토해 낸다.

　-목적 제비거나 상황제비거나 협박제비를 만나는 것
도 다 내 업보다. 업보야. 나무 관세음보살.-

　몽자의 눈에 눈물이 주르르 흘러 내렸다.

4. 사랑의 회귀

수구초심(首丘初心)이라, 여우도 죽을 땐 고향을 향하고, 연어의 회귀본능이라고 모두 죽을 때는 고향으로 찾아든다는 말이다.

먼 바다로 나갔던 연어도 태어 난 강으로 되돌아 와 마지막 목숨을 거두는 귀소본능처럼 사람도 나이가 들면 본향의 문(門)을 자주 두드리는 것은 만물이 본향으로 회귀하는 피할 수 없는 순환 법칙인가 보다.

사랑도 마찬가지 인 듯 정신적으로 만신창이가 된 엄청난 사건 앞에서 몽자는 자꾸 남편에게 마음이 기운다.

-한 때 나는 하느님 딸이었고 지금은 부처님 딸이다.

두 아들의 어머니 한 남편의 아내이다.

지금 나의 산 하느님은 남편이다.

젊은 날은 하나님에게 잘못을 고하고 반성하며 죄 사함을 받는 고해성사를 했다.

지금은 하느님, 남편에게 고해성사를 하고 싶어.

용서를 바라는 건 아니야.

털어놓고 벌을 받고 가벼운 마음으로 죽고 싶어.-

몽자는 연하남을 벌주는 것보다 자신이 벌을 받아야 한다고 생각했다.

한편 출장길에 오른 몽자의 남편은 버스에 앉아 차창 밖을 바라보며 깊은 생각에 잠겼다.

-여보 60대 노인이 제비한테 물려 협박을 당하고 있다네.-

아내의 말이 자꾸 귓가를 맴돈다.

-변죽을 울린 거야. 이건 아내의 일일지도 몰라.

만약 그렇다면 어떻게 해야 하나?

아니야, 그럴 리가 있나? 아니야!

아내는 제비를 만날 수 있는 여건이 충분해.

아내 성미에 자기가 한 일이라고 말 하지는 않을 것이고, 강한 자는 부러진다는데 혼자 고민하다가 돈은 돈대로 뜯기고 결국은 내가 알게 될 것이고, 그리되면 자존심 하나로 사는 아내는 집을 나갈 것이 뻔해. 더구나 그는 환자. 병세가 더 악화되면 어쩌나….-

몽자 남편은 대문을 나설 때 손을 흔들어 주지 않은 것이 자꾸 맘에 걸렸다.

-어찌 하다 강한 아내가 그 덫에 걸려들었을까?

충분하다.

혼자 버려둔 세월이 얼마인가.

젊어서는 직장 생활로 고생하며 아이들 기르느라고 젊음을 다 바치고, 좀 살만해서는 병마에 시달리며 늘

외롭다고 하던 사람,

　누구보다 감성이 예민하고 정을 밝히던 사람이었어.

　아내의 건강 핑계로 나는 늘 밖으로 돌고 아내를 따듯하게 품어주지 못했지.

　나는 고작 입으로 아내의 건강 걱정만 했어.

　그래 다 내 탓인데 이를 어쩌나.-

　남편은 남편대로 가정을 깨지 않고 몽자를 안정시킬 방법을 찾고 있었다.

　남편은 아내 몽자에게 전화를 걸었다.

　-건강하게 잘 지내. 나이 들어선, 건강이 제일이야. 첫째도 건강 둘째도 건강, 보건소에 자주 가서 건강 체크 잘 해. 알았지?-

　-오래 살아서 뭐해. 고생이나 하지.-

　-무슨 마음 약한 소리야?-

　몽자의 목소리는 그 어느 때보다 더 힘이 없고 기어들어갔다.

　남편은 해질 녘에 은행으로 달려갔다.

　-돈이 많이 쪼들릴 것이 뻔하다.

　그녀의 기분은 목소리를 들어 보면 안다.

　젊었을 때 기운 없는 목소리에는 원인은 딱 두 가지였

다.

나에게 안기고 싶을 때와 생활비가 떨어져 갈 때.-

'그녀는 지금 공포에 시달리고 있다. 돈도 젊은 사내에게 뜯겨 여유가 없다.'

이렇게 생각한 몽자 남편은 아내의 통장으로 입금을 시켰다.

-여보 나, 입금 시켰어.-

-아직 생활비는 있는데. 입금 날짜도 멀었는데 웬일?-

아내는 반가와 하지도 않았다.

-아, 이달은 수입이 좀 짭짤 했구먼. 친구들 만나 맛있는 것도 사 먹고, 계절도 바뀌었으니 옷도 한 벌 사 입고 기분 전환 좀 해.-

-고마워.-

전화를 끊고 몽자는 눈물을 흘렸다.

-바보. 나 같은 년을 마누라라고⋯-

몽자는 결혼 후 지금까지 건강이 나빠 늘 고생을 했다.

건강 문제로 직장도 일찍 그만 두고 아이들도 친정에서 키우다 시피 했다.

지금도 폐가 나빠 주기적인 검사를 받으며 약을 복용하고 있다. 남편의 입금 전화를 받아도 기쁘지 않고 불안하고 무거웠다. 입금 날짜를 눈이 빠지게 기다리는 연하남을 생각하면 숨이 콱콱 막힌다. 집에 있어도 불안하다.

연하남이 찾아 올 것만 같았다.

입금 날짜는 벌써 지나 갔다.

-돈이 없어서 입금하지 않은 건 아닐 테고,

접기로 한 거야?

정말 드러운 꼴 볼 거야? 각오 해.

망치를 들고 가서

산부처고 뭐고 다 깨부숴 버릴꺼다.-

몽자는 아무런 답도 보낼 수가 없었다.

남편이 넉넉하게 돈을 넣었다. 돈 100여만 원에 불과하지만 마음대로 쓰라고 문도 열어 놓았다. 그러나 몽자 생각은 달랐다. 자신의 약점을 노리고 의도적 접근에 의해 협박을 하고 있는 연하남, 아니 문단 제자의 소행이 괘씸하고 분해서 죽어도 돈을 주고 싶지 않았다.

보다 이 길이 옳지 않기 때문이다. 아름다운 꿈을 꾸며 사랑도 이별도 아름답게 하고 싶은 몽자에게는 용납 할 수 없는 일이기 때문이다.

-아름다운 이별이었으면 얼마나 좋아,

서로 축복해주면서 이쁜 내일을 빌어 주면서….

그러면 내가 무엇인들 못 주겠어. 바보!

나는 남편과 연하남,

두 바보 사이에서 바보가 되어 죽어야 되겠다.-

수면제 사다 모은 약병을 물끄러미 바라보았다.

-정말 죽어 버릴까?

서두르지 않아도 죽을 몸, 이제 얼마 남았다고….-

시한부 인생. 몽자는 폐가 암으로 전이되고 있다는 진단을 받았었다.

두 번의 수술을 받았으나 언제 재발할지 모른다.

-먹고 싶은 거 먹고 영양보충 잘 하시고 마음 편하게 지내세요.-

몽자는 의사의 말을 기억하며 도리질을 쳤다.

담배 한대 피지 않는 그녀가 폐암에 걸린 건 애연가 남편하고 살았기 때문이다.

그러나 남편은 늘 말했다.

-우리 아버지는 돌아가실 때까지

담배하고 사셨어도 90 장수를 하셨어.

담배 핀다고 일찍 죽고 폐암 걸리는 게 아니야.-

-내가 언제 당신 탓이라고 말이나 했나?

내 채질이야.-

몽자는 남편을 원망하지 않았다.

카페방 인어 낚시

담배 냄새가 유독히 싫은 날이 많았다.

그런 날은 영락없이 감기가 왔고, 감기가 오면 기침부터 심하게 했었다.

그러자 몽자 남편은 아내의 건강을 위해 담배를 끊었다.

몽자는 오늘따라 남편이 자꾸 보고 싶었다.

한동안 연하남에게 빠져 마음의 공백이 없었다.

그러나 지금은 아니다.

마음을 의지할 사람이 없다.

오직 든든한 가정의 버팀목, 남편만이 의지처다.

이심전심일까 출장갔던 남편이 생각보다 일찍 올라왔다.

몽자가 놀랐다.

'혹 이사람 나를 감시하는 건가?'

-여의도에 볼일이 좀 있어서 겸사겸사 일찍 왔어.-

궁지에 몰린 몽자는 잘 됐다 싶었다.

'이참에 털어놓아야 겠어.

아니 털어 놓아야 돼.'

옆에 있어도 떨어져 있어도 불안하기는 매한가지다.

언제 연하남이 언제 망치를 들고 달려올지 모르는 상

황에서 남편이 온 것은

천만다행인 듯 불안은 없어졌다.

-여보 그 노인 상담하고 잘 하고 갔어? 경찰에 신고하기로 했나?-

화제가 몽자에게 왔다.

몽자는 가슴이 쿵 내려앉았다.

그리고 파열하듯 아파왔다.

-응 그리 말하긴 했는데 모르지.-

-당신 같으면 신고 할 수 있겠어?-

-글쎄 당해 보지 않아서 잘 몰라.-

남편이 눈치 채고 몰고 가는데도 몽자가 시치미를 딱 떼어버렸다.

-노인들을 노린 사기사건이 많다네. 지방 곳곳에 화제 거리야.-

-어제 친구들이랑 점심을 먹으면서 아내 단속하자고들 했구먼.-

-산 짐승을 단속한다고 되나? 이미 엎질러졌으면 어떻게 하고….-

-당신은 정이 많은 사람이라 신고는 못할 것이고,

돈은 돈대로 다 뜯기고 병은 악화되고 그보다 아마 양심 가책에 살 수 없을 걸?-

-아이고 나보고 일 저지르라고 고사 드리는 거유?-

-아니, 그건 아니고 돈 버리고 자기 버리고 잃을까 봐 그러지.-

-그러니 무슨 뾰족한 수 있나. 그 돈 버리는 것이 제일 걱정 되유?-

-이 사람아 무슨 소리야? 난 당신이 제일 소중해.-

-그리되면 만신창인데. 내가 소중해?-

-당신 날 사랑하지 않는가? 가정을 소중히 여기잖아. 아이들 사랑하잖아.-

-그건 그렇지.-

-그러니 아무도 다치지 않는 선에서 해결하면 돼.-

몽자는 마음을 편안하게 해 준 남편에게 위안을 삼았다.

그러나 고해성사를 하고 싶다는 마음과 달리 막상 남편 앞에서 말을 꺼낼 수가 없었다.

5. 지극히 아름다운 사랑

낮잠을 한숨자고 일어나니 저녁 시간이다.

아내가 보이지 않았다.

-시장엘 갔나?-

그러나 늦은 시간에도 아내는 돌아오지 않았다. 그날 밤 남편은 아내가 남긴 편지 한 통을 발견했다,

-여보, 그동안 날 많이 사랑해 주어 고마웠어요.

어느 60대 노인인 이야기가 내 이야기라는 걸 눈치 채셨더군요.

면목이 없어요. 마지막 제자 하나 길러 청춘어람의 보람을 느끼고 싶었습니다.

나이 차가 많아 그런 사고는 염려하지 않았습니다. 이미 수도 생활에서 익힌 그 아이의 지적 수준이 나를 압도했지만, 대화가 통하고 추구하는 세계가 같아서 공부하는 자리가 되리라 생각했어요. 그러나 나이 들어도 여자라는 속성은 원죄였습니다.

병든 몸으로 죄를 지었습니다. 얼마 남지 않는 생명, 사죄하고 마음 편히 가고 싶어서 당신께 고해성사를 하겠다고 결심했으나, 막상 당신 앞에서 말하지 못했어요.

산사에 들어가 속죄하며 눈을 감겠습니다. 부디 건강하시고 나를 용서하지 마세요. 달링!-

몽자의 핸드폰은 꺼져 있고 이미 아내가 산사에 도착했을 시간이다.

생각을 정리하고 내일 새벽 그녀가 있을 만한 절을

카페방 인어 낚시

찾아 나서기로 했다.

　-잘 가는 절, 부산 용궁사로 일단 내려가 보기로 했
다.-

　남편은 문자를 넣었다,

　-건강히 잘 다녀 와. 아무 걱정 말고, 난 당신이 소중
하오.

　제발 다른 생각은 하지 말아요, 사랑해요.-

　평소에 하지 않는 -사랑해요.-란 문자를 남겼다.

　몽자 남편이 초조하여 잠을 잘 수가 없었다. 그가 거실
을 서성일 때 대문의 초인종이 울렸다. 다른 날 같으면
남편이 출장 중이라 비울 시간이다. 아내인가 하고 얼른
모니터로 달려갔다.

　모자를 쓴 남자, 바로 몽자를 협박하고 있다는 그 사람
이라는 걸 직감적으로 알았다.

　목소리를 들으면 도망 칠까봐 얼른 현관문을 열고 달
려 나갔다.

　남편은 아무 말 없이 달려 나가 대문을 열었다.

　모니터에 비친 사내가 눈치를 채고 아닌 듯 유유히
사라지고 있었다.

　-이봐. 젊은이 잠깐.-

　남편이 잰걸음으로 달려가 청년의 등덜미를 잡았다.

-누구세요?-

연하남은 태연하였다.

-아, 조금 전 벨을 누른 사람 아닌가?-

-아 네, 집을 잘 못 찾았습니다.-

-그러지 말고 들어오게. 나랑 얘기나 하세, 내 아내에게 이야기 들었네.-

연하남은 편안하게 나오는 몽자 남편에게서 타협점을 찾을 듯 마음이 편안했다.

연하남은 거실로 들어와 남편과 마주앉았다.

-우선 자네 나에게 할 말 있나? 나 그 여자의 남편이네.-

연하남은 아무 말도 하지 않았다.

다만 신고는 하지 못 할 것이라는 걸 짐작했다.

-우선 내가 자네에게 먼저 말하겠네.

내 아내가 시한부 환자라는 건 알았겠지?-

-환자라니요. 금시초문인데요?-

-그 사람 폐암 환자네. 아마도 아내는 마지막 인생을 멋지게 마무리 하고 싶었을 거네.

사랑도, 제자도, 불교적 삶의 실천으로, 내 아내는 내가 잘 아네.

오직 보람된 삶으로 자존심을 가꾸며 사는 사람이었

네.-

　-약을 한 움큼씩 먹는 건 보았습니다. 나이 들어서 영양제라고 하더라구요.-

　-그게 바로 치료제일세. 그런 아내가 자네를 문학의 문하생으로 기르고 있고, 등단했다고 무척 기뻐하더군.-

　-평소에 저에 대한 이야기를 하시던 가요?-

　-명상가 수제자 운운하며, 공부를 많이 한 도반이라고, 이야기 못한 부분이 지금 문제되고 있지 않은가?-

　-……-

　연하남은 말을 하지 못하고 주눅이 들어 고개를 숙이고 있었다.

　-내 아내는 나에게 고해성사를 하고 싶다고 했네. 그리고 절대 용서하지 말라고 하면서 집을 나갔네.

　갈만한 곳을 알고 있으니 큰 걱정은 안 하네.

　서로 좋아 하지 않았나? 내 아내가 일방적으로 접근한 것이라고는 생각하지 않네.

　보아하니 자네도 불혹의 나이가 다된 성인이고, 잘 생각해서 대답해 주게.-

　-……-

　-고맙네. 내가 채워 주지 못한 자리를 자네가 채워주

었고, 더구나 꽃으로 인정해 주어 아내는 잠깐이나마 행복했을 것이네.

자네, 목적적인 접근 맞는가?-

-절대 아닙니다.-

-아니면 자네가 피해자인가?-

-정신적으로 상처를 많이 받았습니다.-

-보상을 해 달랄 만큼 큰 상처인가? 내 생각으로는 내 아내도 그만한 이유가 있어서 자네의 자존심을 건드렸을 것으로 아네. 내 아내는 경우가 밝은 사람이네.-

-아닙니다, 심했습니다.-

-입장 바꾸어 놓고 생각해 보게. 나이 어린 사람에게 몸 주고 비위 맞추는 일, 더구나 돈들이고 사랑을 산다고 생각 할 때, 계산이 맞지 않으면 화나는 일 아닌가?

내 아내 성미를 맞추긴 힘들었을 걸 나는 아네.

의욕이 많고 부정을 모르고 오직 옳고 그름에 굽힐 줄 모르는 사람.

교육자의 전형적인 사람이네. 아마 목숨을 내놓기가 쉽지 협박이나 상대의 이유 없는 요구에 응 할 사람이 아니네.

벼룩 한 마리 잡기 위해 태운 초가 삼간만도 여러 채가 되는 사람일세.

카페방 인어 낚시

아마 아름다운 이별을 했더라면 감동을 했을 사람이고 자기 성의 표시는 할 수 있는 사람이네. 자네가 내 아내의 성격을 파악하지 못한 것 같군.-

-제 자존심을 많이 상하게 했습니다.-

-자네 자존심 상하게 했다면 내 아내의 자존심도 많이 상했다고 보아야 하지 않는가?

상대성이니까, 아니 그런가?

말 한마디에 천 냥 빚을 갚는다고 했네. 아내가 성의 표시는 한다고 했을 때

왜 합의 하지 않았나.

우리 마무리 지으세, 자네가 목표한 금액은 아니지만 내 성의 표시는 하겠네.

나는 아내가 아름다운 기억으로 세상을 마무리하길 바라는 마음일세.

그리고 내 아내에게 아름다운 마음 한자락 전해주면 고맙겠네.-

그날 이후 연하남은 몽자의 주변에서 멀어졌고, 몽자는 요양 병원에 입원을 했다.

하얀 침상에 누워있는 몽자 옆에는 남편이 앉아 몽자를 바라보고 있다.

겨울이 오는 창 밖에는 다복솔밭이 보이고 가끔 창가의 은사시 나무가 바람에 흔들린다.
　겨울이 오고는 11월 초순 하늘이 잿빛으로 검다.
　병실 문이 열리며 한 소녀가 들어 왔다.
　-아빠!-
　대학생쯤 되어 보이는 키가 큰 아가씨다.
　-용케도 잘 찾아 왔네. 인사드려라. 엄마다.-
　-안녕하세요?-
　몽자는 제자쯤으로 보았는지 빙그레 웃었다.
　-누군지 기억이 안나. 대학교에 다니나?-
　-네, 졸업 반이에요, 이름은 잔디에요, 금잔디.-
　-그래. 우리 아들하고 같은 성씨네. 난 아들만 있어, 학생 같은 딸이 있으면 좋을 텐데.-
　-당신 딸 해.-
　-한다고 내 딸이 되나? 병은 들어 가지고….-
　그날 밤 남편은 아내의 손을 잡았다.
　몽자는 병세가 점점 더 깊어져 정신이 오락가락 했다.
　-여보, 나도 당신에게 고해성사를 하고 싶어.-
　-당신이 나에게 무슨 고해성사, 이 죄 많은 나에게…, 당신 맘대로 사세요.-
　-아냐, 정말 고해성사라니까. 사실 아까 다녀간 여학

카페방 인어 낚시

생 생각나?-

　-누가 왔다 갔어요?-

　-이런 기억이 없군. 아까 대학 졸업반 금잔디라는 학
생 말이야.-

　-글쎄, 이름은 기억나는 듯 하지만 얼굴은….-

　-그래, 그 아이, 그 아이가 내가 낳은 당신 딸이야.
23년 전….-

　-아, 그때….-

몽자가 기억을 더듬듯 한참 말이 없다.

　-짐작은 했어요. 그래서 평소에 내가 말했잖아요.-

60 넘으면 숨겨놓은 자식 있으면 그때 데려오라고. 딸
이면 좋겠다고….-

　-맞아 당신이 그랬지.-

　-그럼, 그 딸은 지금 그 여자랑 함께 살아요?-

　-아니, 저 애를 낳고 산후 후유증에 그만 세상 떠났
어.-

　-그럼 그 동안 그 애는? 어디서 컸어요? 외가?-

　-아니, 그 애 엄마가 자라던 고아원에서 컸어.

지금도 그에서 보육교사로 아이들 돌보고 곧 정식 교
사로 발령이 날거야.

보육대학 졸업반이거든.-

-졸업반? 그럼 당신 50에 낳았나?

-그쯤 될 거야. 잔디가 당신의 애독자야. 당신 글이 참 좋다고 하더군.

인터넷 속에서 당신 글을 모두 찾아 스크랩을 해 두고 자기도 글을 쓰고 싶다는군!-

-그래요. 내 얼른 나아서 글쓰기 지도를 해 주어야 겠네.-

-그럼 좋지. 내일부터 잔디보고 병간호를 하라 할까? 정도 좀 들고 글 이야기도 나누게.-

-나 혼자 있고 싶어요. 당신 노후에 외롭지 않게 되어서 내 맘이 놓이네요.-

-고마워. 오래 오래 살아.-

몽자는 속창을 다 빼어 버린 사람처럼 덤덤하게 남편과 엄청난 이야기를 주고받았다.

몽자는 회심한 미소를 지었으니 마음이 편안했다.

지난 추억과 삶, 희비가 엇갈려 지나가고 있다.

-고마워 당신.-

숨긴 딸 이야기로 자신의 한 때 과거를 털어놓은 남편은 사죄를 받았다는 안도감에 감사의 눈물을 글썽이며 아내의 손을 꼭 잡았다.

몽자는 남편의 손을 잡아 줄 힘이 없다.

정신이 흐렸다 맑았다를 거듭한다.

가물가물 멀어져 가는 기억을 간신히 더듬었다.

창밖에 비친 낮은 야산에 초겨울 첫 눈이 나부끼고 있다.

-여보 당신이 좋아하는 눈이 오고 있어 자, 여기 좀 봐요.-

남편이 커튼을 열어주었다.

앞산이 멀어지다가 가까이 다가오기를 반복한다.

산이 또렷하다가 다시 흐려진다.

주치의와 간호사들이 몰려와 산소 호흡기를 설치하고 호흡을 살펴보고 갔다.

잠깐 탈진상태에 있던 몽자가 다시 정신이 들었다.

아무리 마음을 비우고 모든 것을 포용한다 결심을 했어도 남편의 과거와 장성한 딸의 등장으로 충격이 컸던 모양이다.

6. 행복으로 맞은 죽음

혼수 상태에서 깨어난 몽자에게 한 통의 서신이 전해 졌다.

-당신 편지 왔네. 독자인 모양이야. 혼자 읽을 수 있겠

어?-

남편이 몽자의 마음을 살폈다.

몽자가 발신인을 훑어본다. 반가운 사람인지 눈빛이 반짝 생기를 되찾아 밝아졌다.

몽자가 얼른 편지를 열어보지 않았다. 남편이 자리를 피해 밖으로 나갔다.

그제사 몽자는 간병인에게 봉투를 내밀었다. 간병인이 가위로 봉합 자리를 잘라 주었다.

연하남으로부터 온 편지였다.

[-천상의 아름다운 인연으로 우리가 만났습니다.

덕분에 많은 공부하고 시인이 되고 행복한 시간을 보냈습니다.

어머니처럼 마음으로 보듬어 주고, 선배로, 스승으로 아낌없이 가르쳐 주고 한 여인으로서 꽃사랑을 듬뿍 주어서 아직도 마음이 따뜻합니다.

이별이 아쉽고 장래가 캄캄하여 잠시 투정스런 욕심을 부려 괴롭게 한 점 죄송합니다.

아직 남은 공부가 있어 인간의 속성을 다스리지 못한 자성의 자리였습니다.

고운 기억만 가지고 갈게요. 밖 어른을 만났습니다.

내가 존경하는 성철 스님의 버금가는 산 도인이셨습니다.

아내를 지극히 사랑하시는 남편이셨고, 님의 마음을 대신하여 도움을 받았습니다.

지으신 복은 자자손손 만대로 이어질 씨앗입니다.

사부님 사랑은 인간의 생각으로는 이해되지 않는 깨친 자의 참보살적 사랑이었습니다.

참 아름다운 사랑, 제가 지향하는 도의 경지셨습니다.

님은 참 행복하신 분이에요.

저도 산사로 들어가 남은 공부를 마칠 때까지 하산하지 않겠습니다.

몸은 떨어져도 정신으로 오가는 파장은 늘 아름다울 것입니다.

부디 자학하지 마시고 그간의 섭섭함을 모두 내려놓으시기 바랍니다.

건강하고 만수무강 하세요. 나무늘보. -]

'그래 너는 사랑하는 나의 나무늘보지'.

몽자는 '내가 사랑한 나무늘보'라는 작품을 기억으로 더듬었다.

['내가 사랑한 나무늘보

내가 눈을 뜬 시간이니 그는 지금 자고 있을 것이다.

언제나 그랬다.

그는 내가 잠든 시간 엔 컴퓨터 앞에서 댓글놀이를 했고 나는 꿈속에서 그를 그리워했다.

절묘한 시간에 눈이 마주치면

밥을 차려 주었고

그는 내 생각에 도리질 치는 대답을 했다.

외로울수록 다가가게 하는

갈증난 대화,

그는 잠을 자면 동면에 든 곰처럼 좀처럼 일어날 줄 몰랐다

그에 대하여 잘 모를 때는 잠을 깨웠다.

어찌나 화를 내는지 노여워 눈물이 났다.

그 이후론

나는 그를 잠에서 단 한 번도 깨운 적이 없었다.

그는 나보다 어린 인생 새내기다.

누나나 이모나, 아니면 어머니처럼 나를 어른으로 생각하지 않았다.

더구나 여자로 느끼지 않았다.

다만 편안한 친구같다고 했다.

카페방 인어 낚시

나만 그를 젊은 연인처럼 느끼고 사랑했다.

나 혼자 스스로 여자가 되고 싶었고

누나처럼 어머니처럼 그를 보살폈다.

오직 그는 나무를 잡고 사는 나무늘보였다.

그러니까 내가 그의 나무인 셈이다.

나무늘보와 다른 것은 나무에서 손을 놓기 싫어하면서도 한 번도 그런 눈치를 보이지 않는 것이다.

그러나 그는 나를 잡는 묘한 재주가 있었다.

내가 자기 곁을 떠나지 못하도록 하는 심리 조정사였다.

그러니까 내가 그의 생활 일체를 보살피는 도구였다.

먹고 자고 입고 쓰는 그의 일상을 해 결해 주는 해결사인 셈이다.

계약없는 무언의 계약

인연이라는 이름으로 나를 옭아 맨

그는 객관적으로 무의도식하는 백수였다.

어떤 조건 없이 만나 수십 개월을 그렇게 지냈다.

다달이 그의 방세를 내주어야 하고 담배를 사주어야 하고 계절에 맞는 옷가지를 사 입혀야 했다. 그리고 어쩌다 한 공간에 머물게 되면 식단을 준비해 주어야 했다.

그는 아무 말 하지 않고 당연한 듯 주는 것만 받았다.

달라고 말하지 않았지만 가끔 뉘앙스만 풍겼다.

앞지락 넓고 눈치 빠르고 나이가 많은 내가 알아서 한 일이다.

무엇이 나를 꼼짝 못하도록 만들었는가? 나는 곰곰 생각할 때가 많았다.

그의 정신세계에 매료 되어서다. 그는 이상을 꿈꾸는 몽상가다.

오직 무아,

마음도 없다, 마음이 없다. 없음도 없다.-]

[-화두를 외우며, 그 화두에 빠져

그 화두가 그를 가두어 버린 사람이다.

그는 화두를 풀기 위해 공부하는 사람이다.

일각의 깨침을 향한 붓다가 되고자 하는 사람

그는 하루에 한 끼 정도 연명하면 된다는 주의다.

먹는 것도 밝히지 않는다. 오직 한 끼의 식사와 커피와 담배면 하루를 산다.

그에게 나는 존경의 대상도 아니고 사랑의 대상도 아니고 오직 필요를 충족시켜주는 도구에 불과 했다.

점점 실증이 났다.

다정한 메아리라도 듣고 싶어졌다.

전혀 감각이 없는 사람은 아니다.

가끔 다른 카페 여자들과 히히닥거리며 대화를 하고 즐기기도 했다.

나는 시샘을 했다. 그는 질색을 했다. 둘 사이 틈이 벌어졌다가 풀렸다. 토라지기를 수십 차례, 그는 집착을 버리라고 했다.

집착 이전에 베푸는 나에 대한 작은 마음이나 보내달라고 했다.

그러나 그는 내 마음을 환자로 몰아붙였다.

나는 그의 도우미로서의 삶에 의욕을 잃어가고 있었다.

그러자 통장이 바닥이 났다. 방을 줄여 방세를 아끼자는 방향으로 가닥을 잡았다.

그러나 마지 못 해 내 결정에 따른 그는 무언의 반항인 듯 나의 생각에서 빗나가기 시작했다. 그가 도를 트기 전에 내가 현실에 눈뜨는 기회가 되었다.

더 이상 이렇게 지낼 이유가 없어졌다. 결국은 나는 백기를 들었다.

그는 앗살했다. 바람처럼 가버렸다. 인사도 없이 사라졌다.

뒤이어 달려갔다. 전철에서 그를 만났으나 그는 냉정

했다. 그간 고마웠다는 말 한마디 없이 가버렸다. 내가 사랑 한 사람 그는 현실 도피의 몽상가 나무늘보였고, 나는 한때 그가 잡고 지냈던 나무였다-.]

"보살은 주는 티도 내지 말고 주었다는 생각도 말고 주어야 되는 거야."

그의 말을 기억하면 부끄럽다.

이런 내 마음을 꿰뚫은 그는 어느 날 날강도로 변했다. 나로부터 벗어나는 비용을 요구했다. 그의 협박은 공포로 몰고 갔다. 중생의 구제 방법으로 나를 깨우치기 위한 색다른 사랑이라 생각하려 애썼다. 그러나 공포는 나를 더욱 피폐하게 만들었다.

두려움에 떨다가 나는 죽음이 두렵지 않음에 이르렀다. 그러나 나는 그를 사랑한다.

제자로 인생의 선배로 보다 마지막 꽃이 되었던 여자다. 지금도 그에게 대오의 말이 오기를 빈다.

깨달음을 얻는 날까지 선연으로 머물 비옥한 땅에 영양가 풍부한 나보다 젊은 나무를 만나길 발원한다.

지금은 보나마나 자고 있을 거다

'내가 사랑한 귀여운 나무늘보, 내가 눈을 뜬 시간이니 말이다.'

기억을 더듬던 몽자의 눈에서 눈물이 흘렀다.

몽자는 오랜만에 심장이 고동치는 소리를 들으며 소리 내어 울었다.

몽자의 귓가를 울리는 이명, 목탁소리가 스쳤다.

연하남 나무늘보의 모습이 스쳐갔다.

순간 몽자의 눈이 반짝 빛났다.

지금 어느 산사에서 목탁을 지고 있을 연하남.

그의 성불이 날이 가까이 왔다고 믿어지는 몽자는 빙그레 웃었다.

-나는 웃고 있어도 눈물이 난다. 그대 나의 사랑아~-

몽자는 조용필의 '그 겨울을 찻집을' 목청 것 불렀다.

그러나 그 노래 소리는 혼자 부르는 노래일 뿐 어느 누구의 귀에도 들리지 않았다.

미소 짓는 몽자의 눈가에 눈물이 흘러 내렸다.

죽음의 그림자가 다가오고 있음을 의식한 남편이 아내의 마지막 눈물을 닦아 주고 볼에 얼굴을 갖다 대었다.

-여보 사랑해.-

온기가 점점 사라지고 있는 아내의 체온,

남편은 몽자의 손을 꼭 잡고 울음을 삼키고 있었다.

달(月)의 영혼 결혼

나는 관객 명상의 주시자입니다.

나는 사이버 창 밖에 꽃凹과 나비凸의 아름다운 만남을 바라보고 있습니다.

밖의 세상에서는 불륜이라 말하는 사랑놀이입니다.

하늘의 아버지라 부르는 하나님은 정신적 간음이라 하고, 자연생태계의 사생자부(四生慈父) 부처는 사음(邪淫)의 씨앗 불림이라 말합니다.

나는 편가르기 없이 오직 명상의 눈으로 꽃凹과 나비凸의 만남을 주시하고 있습니다.

육신을 버린 두 영혼이 결혼하는 죽은 자와 죽은 자의 영혼 결혼을 본 기억이 있습니다.

또

너무 사랑하여 죽은 자의 영혼과 살아 있는 자의 결혼도 본 기억이 있습니다.

그러나 오늘은 육신을 버려 두고 마음과 마음, 정신과

정신 영혼과 영혼이 만나 하나가 되는 이색 사랑입니다.

육신은 밖에 두고 산 사람의 영혼끼리 어디서 결합할 수 있단 말인가?

컴 창에 반짝 눈이 빛납니다.

자판기 두드리는 소리가 들립니다.

꽃凹과 나비凸가 주고 받는 언어는 문자일 뿐 소리는 들리지 않습니다.

둘은 하늘에 초승달로 뜹니다.

한 하늘에 두 개의 초승달!

이변입니다.

하늘의 두개의 달이 뜨다니

분명 천기를 뒤엎는 광풍이 예상됩니다.

꽃凹과 나비凸, 둘은

시공을 초월한 만남 입니다.

육신은 창밖에 두고 사이버 공간 사각 창에서 4차원의 세계에 머뭅니다.

마음과 마음이 교감하는 대화의 자리는

공중에 건설한 궁전의 뜰

하늘에 두개의 달로 떠서

아바타를 통해 마음끼리 마주 보기를 합니다.

초승달 하나 아바타 나비凸
초승달 하나 아바타 꽃凹
구별이 분명한 하늘과 땅
그들은 가슴에 초승달을 품고 만월로 가는 여행자입니다.
한 하늘에 두 초승달이 떴습니다.
하늘에 달은 하나라야 된다는 관념이 깨진 세계입니다.

꽃凹의 가슴 달 수구에서 졸졸 한 줄기 마음물이 흐릅니다.
나비凸의 가슴 달 수구에서도 졸졸 한 줄기 마음물이 흐릅니다.
두 물줄기는 합류하여 하나의 작은 강이 되어 흐릅니다.
보름달로 키우는 서로의 영양이 되어 서로의 마음으로 생성의 氣가 스며듭니다.
합류한 두 달의 마음강물은 점점 큰 바다를 향해 자라고 가슴 달은 점점 부풀어 상현달을 향합니다.

육신의 가슴엔 가는 떨림이 있습니다.
숨 소리 없는 고요한 바람이 내면에서 잡듭니다.
고요합니다.
따뜻한 열기가 가득히 마음의 창 안을 메웁니다.

행복은 마음 속에서 우러나오는 샘물
순간순간의 생각, 그 내면을 흐르던 전생의 업보는
행과 불행의 밑씨가 되어
억겁을 흐를 또 하나의 인연 길이 됩니다.

나만이
너만이
받은 개성
그 독특한 특성이 공통분모를 넓히며
하나로 자라 네가 사라지고 내가 사라지는 순간
아. 무성음의 빛 터지는 소리 들립니다.
창밖의 육신은 천둥번개로 지칭합니다.

-따뜻해요.-
-뜨거워요.-
생음악처럼 천상의 교감은 교성으로 들리고

보이고 감지되는
빛 뿌림 끝
하나의 달꽃이 핍니다.
환희 입니다.
순간 주시자 나도 함몰 됩니다.
눈부신 달꽃이 됩니다.
꽃피는 소리는 들리지 않습니다.
고요 속에 개벽의 아침입니다.
억겁의 인연을 돌아
전생에 두고 온 마음을 만납니다.

옳다 그르다 부끄럽다 너는 꽃, 나는 나비
너는 남자 나는 여자
너는 젊은
나는 늙은
분별이 무너집니다.
그 어떤 분별도 없는 경지에 이른
맘 나이 어린 꽃凸
맘 나이 성숙한 나비凸
서로에게 다가가 합류합니다.
거꾸로 흐르는 시간

거꾸로 자라는 벤자민 로버트
환타지 영화 한 장면처럼
시간이 멈춘 찰라

꽃띠 나비凸, 둘은
우주가 준 선물. 자신의 보물
나만의 빛깔을
서로의 너로 피우고 있습니다.

드는 물과 받는 물이 하나 되어
강물에 이르러 한 빛
파아란 바다로 출렁거립니다.
두 사람에겐
人(인)
기대어야 살 수 있는 사회적 동물의 본성에
충실한 밤입니다.
기대어 서로의 거울에 자신을 비추어
새로운 나로 거듭나는 시간
아직도 밤 깊게 흐릅니다.

침묵이 흐릅니다.

달(月)의 영혼 결혼

마주보는 꽃凹도 나비凸도 말이 없고

주시자 나도 말이 없습니다.

그러나 분명 들립니다.

침묵으로 바라보면 침묵의 소리가 들립니다.

경계가 허물어져서 이미 길은 막힘없이 열려 통하고
있습니다.

그 소리는 희망의 노래이며 빛의 노래이며 생성의 노
래입니다.

꽃凹과 나비凸, 둘은 마주 봅니다.

육신은 창 밖에 두고

두 마음이 아바타를 통해 교감하고 있습니다

그들의 만남은 초월한 무한대의 세상에서

가장 아름다운 사랑을 하고 있습니다.

가끔 창밖의 육신이 뛰어들어

너는 30대 나는 60대 말도 안된다고 숫자놀이 그 피켓
을 들고

맑은 물을 헤집어 혼란을 초래 하는 저항을 만들어도
한 빛 한 마음

본래의 하나라는 벽에 훼방의 힘이 뛰어 들지 못합니
다.

서로의 전생의 나를 만남입니다.
두고 온 나
잃어버린 나
잠자고 있는 나
무지에 갇혀 빛을 잃은 나
그 한 마음 찾기 위해
서로의 다른 육신을 빌어
이 세상에 온 것이 분명하다고 둘은 믿습니다.
어쩌면 한 치의 오차도 없이
절실한 당김음으로
하나가 될 수 있었는지 오직 느낌으로만 압니다.

마음을 밖에 두고
육신이 하나 되는 사랑놀이는 흔히 보았으나
육신 밖에 두고 마음이 하나 되는
정신적 만남, 그 영혼 결혼은 처음 봅니다.
아름다움의 극치 프라토닉 사랑
위대한 산 영혼의 교감입니다.
나는 사랑이라 말해 줍니다.

꽃띠, 그녀는 나직이 속삭입니다.

노력하지 않아도
외롭다 채우고 싶다 갈증 난다 외치지 않아도
텅 비운 내면으로의 전이입니다.
"나는 당신께 드는 시냇물
영혼이 들어 바다가 될 때까지
빈자리 내어준 따뜻한 미소
당신은 가슴 큰 어린 왕자였습니다."

육신 어린 나비凸도 말합니다.
"언제라도 당신이 필요하다면 당신께 드릴
내 어깨를 비워놓겠습니다.
이제 내게 머물 당신이 있어 행복 합니다."

말은 하지 않아도
주시자 내 귀에 들리고 내 눈에도 보입니다.
두 사람에게 영혼의 결합은
다 꺼져가는 생명에게
수혈을 하는 생성의 시간이었습니다.
두 육신은 아직도 창밖 있었고
마음은 컴퓨터 창을 통해 거룩한 영혼 결혼은
자비의 빛 보름달입니다.

합류한 두 마음 물은 바다에 이르러 소금을 빚는
자비하신 어머니가 됩니다.
나는 영혼과 영혼이 결합하는 아름다운 사랑에 축복
을 보내고
그 환희의 빛 뿌림에 신성의 날개를 달았습니다.

육신도 타협을 했는지
두 마음이 하나가 되자고 명명 했는지
껍데기의 일은 모르겠습니다.

아름다운 음악은
영혼 결합을 위해 존재 할 뿐이고
보이고 들리는 풀꽃도 모두
엄숙한 관객이었습니다.

관념이 파도를 만들어 흔들어도
하나 된 영혼은
바람들 틈새가 없는 갇힘의 자유입니다.
파라다이스
극락의 경지에서 속삭임만 들릴 뿐입니다.

달(月)의 영혼 결혼

"당신이 허락하신다면
겹쳐 하나 된 아바타
이대로 침실로 가고 싶습니다."
凹꽃 그녀의 나직한 속삭임에 凸나비가 응합니다.
"영원히 깨고 싶지 않은 밤만
기억하겠습니다."
화답의 메아리를 가슴에 안고 꽃凹, 그녀가
꿈 깨질세라 조심스레 침실로 향합니다.

지금
새벽 하늘엔 두 마음이 합류한 낮달로 익어가는
보름달 하나 둥실
만월의 미소가 보입니다.

한 밤중 가슴에 커피를 끓이는 인어 낚시

1. 가슴에 커피를 끓이며 드리운 낚시

자정을 넘어 1시가 다가오고 있는 한 밤중이다.
설자는 아직도 컴퓨터 앞을 떠날 줄 모르고
정신없이 자판기를 두드려 댄다.
킬킬킬 웃음을 남발하다가
얼굴이 벌겋게 상기되다가 눈물을 글썽이기도 한다.
어깨너머로 처음 배운 채팅이다.
어 50대는 왜 없는 거야?
하는 수 없이 40대 방에 들어갔다.
채팅방 첫 방문이다
'설자'
이름이 뜨자 많은 쪽지가 벌떼처럼 달려왔다.
'이름이 재밌어서 그런가?
나 촌스런 이름이라 어수룩해 보여서 달려오나?'

생각 끝에 설자는 얼른 대화명을 바꾸었다.

-할미꽃.-

'내가 나이 든 꽃이라는 걸 알면서도 다가오는 나비 있을까?'

-하하하 언니, 할미꽃이라 하면 아무도 안 오지.-

놀러온 이혼녀가 질색을 하며 대화명 바꾸기를 권했다.

-많이 오면 뭘 해 단 한 사람이라도

할미꽃을 좋아하는 사람이라야지.-

-아이고 고지식하기는…-

설자는 고집을 부리고

곧은 낚시 물에 담근 듯이 한참을 앉아 있었다.

한 20여분 만에 대화신청이 들어왔다.

-언니, 들어왔다. 얼른 대답해.-

-뭐라고 해.-

망설이다가 대화 창이 사라졌다.

-에궁, 놓쳤네.-

그리고 다시 10여분이 지나서야 대화 창이 떴다.

드라이브-안녕?

-언니 어서 대답 해. 킹카 같다.-

-뭘 보고 알아?-

-재력있다 이거 잖아. 차 가지고 드라이브 할 수 있는 ㅎㅎㅎ-

-그려?-

-알써.-

설자는 기회를 놓칠세라 얼른 달려가 자판을 두드렸다.

할미꽃-안녕?

드라이브-방가.

할미꽃-나두.

드라이브-ㅎㅎ 어디세요?

'자기는 안하고 묻다니 요상한 놈이군.'

설자는 다시 톡 쏘았다.

할미꽃-본인부터 말하고 물어야지요.

드라이브-아참, 여긴 파주.

할미꽃-파주. 지금 드라이브 중? 여긴 서울 동산 산책 중.

드라이브-ㅎㅎㅎ.

할미꽃-ㅎㅎㅎㅎㅎ 넘 멀다.

드라이브-글게. 좀 멀다. 오게요?

할미꽃-님은 먼 곳에…

드라이브-멀긴? 차가 있는데, ㅎㅎㅎ 제가 가지요.

할미꽃-할배인가?

드리이브-아니 49살인데요?

할미꽃-나 할미꽃이란 걸 알고 왔나?

설자는 처음부터 말을 놓았고, 드리이브는 간간이 요자를 붙였다.

드리이브-할미꽃도 꽃이잖아요. 몇 살이세요?

할미꽃-내가 누이 벌, 연상의 여인 ㅠㅠ,

드리이브-연상 좋지요.

할미꽃-쏠로야 이 밤중에?

드리이브-아니요? 1남 1여. 여긴 직장 퇴근해야지요.

할미꽃-가정도 있고 자식도 있는데 왜 채팅 해?

드리이브-가끔 탈출의 날개를 달고 일상에서 벗어나고 싶어요.

할미꽃-미투.

드리이브-전화 번호 드릴께요, 전화 주세요.

할미꽃-접수 중.

설자는 부지런히 드리이브의 전화번호를 핸폰에 입력했다.

드리이브가 챗방에서 사라졌다.

'아니. 연락처만 남기고 간 거야?'

이미 새로운 만남의 세계에 발을 디딘 설자는

호기심과 야릇한 분위기에 얼굴이 상기 되었다.

가슴에서 이상한 무성음의 북소리가 울리고 깊이 잠자고 있던 용암이 뜨겁게 분출되고 있었다.

-꿈꾸어 오던 세계. 이 나이에 누가 나를 꽃으로 보겠어.-

설자는 채팅으로 만나는 세계에 강한 호기심이 발동했다.

설자는 전화번호를 뚫어지게 바라보았다.

'전화를 할까말까?'

할미꽃을 뻔히 알고 다가오는 나비가 있을까?

오면 모른 척 잡을까?

가벼운 갈등에 빠지고 이미 커피 물은 그의 가슴에서 끓고 있었다.

2. 아픔 없는 사랑으로의 직행

'지금까지 잘 참고 살아 왔는데

지금에 와서 남자를 만나 무슨 영화를 보겠나

만약 사이버 제비를 만나 망신살이나 뻗히면 어떻게 하나.'

남자도 피차 그런 생각을 하겠지만

설자는 흑과 백의 갈림길에서 줄다리기를 했다.

남자가 전화번호를 남기고 챗 창을 닫은 이유는 무엇일까?

믿는다는 것일까?

양단간 결정을 하라는 압력, 인연을 운명에 맡긴다는 신호일까?

때론 이렇게 과감할 수 있음이 설자는 부러웠다.

사내의 이런 행동은 가정을 선택한 올바른 발걸음일까?

설자는 갈등의 연속으로 우왕좌왕 갈피를 잡지 못했다.

-내가 나쁜 여자면 어찌 하려구.-

-내가 착하게 살았으니 착한 사람일 거에요.-

-난 할미꽃에다 그래머 스타일의 뚱보, 나긋나긋 여성적이지 못한데.-

-내가 좋아하는 스타일인데요^^.

저는 169 아담해요. 생김은 관심없고요, 마음이 문제지요.-

-만나는 건 설렘이고 희망이지만 헤어질 때 아프다는데…-

-별 걱정 다 하세요. 아프지 않은 사랑, 아름답게 보내

드릴께요. -

　아프지 않은 사랑이 있다니 신기했다.

　어떻게 사랑에 아프지 않을 수 있을까, 마음 한자락 빠지고 나야 사랑이 이루어지는 거 아닌가?

　아름답게 보내준다.

　그런 사랑이 있다면 왜 새로운 사랑이 두렵고 불안할까?

　설자는 잠깐 동안이지만 본능과 이성의 치열한 싸움을 하고 있었다.

　남겨 둔 파주사내의 전화번호로 눈이 갔다.

　이름도 성도 모르는 사내가 남겨 두고 사라진 그의 전화번호

　010-53** 00**

　눈알이 얼얼하도록 잡아당긴다.

　잠깐의 그의 대화 내용으로 보아 한 번쯤 만나 커피 한 잔해도 괜찮을 듯 했다.

　긴 방황 끝에 불쑥 용기가 솟았다.

　그리곤 핸드폰을 열고 엄지손가락으로 꾹꾹 눌러 세종대왕이 만드신 한글을 조립했다.

　-이놈, 나쁜 곳에 쓰라고 만든 것이 아니다.-

　문자를 보내놓고 호령이 떨어질 것 같은 불안감에 휘

감겼다.

정말 운명의 갈림길이다.

-오늘 방가.-

사내에게 달려간 문자다.

메아리가 궁금했다.

답이 올까? 내 번호가 찍혔겠지.

이미 엎질러진 물인데 뭐. 생각에 잠겨 있는데

띠링

문자 메아리가 적막을 흔든다.

오늘따라 왜 이리 문자 알림 소리가 큰지 경끼 할 정도로 큰 천둥소리같다.

핸폰에 당도한 문자 확인이 두려웠다.

반가움과 두려움 그리고 그 내용의 궁금증이 압도하지만

얼른 열지 못하고 우왕좌왕 했다.

옆집 이혼녀가 함께 있었더라면 깔깔 거리며 위안 속에 웃음으로 넘길 수 있었을 텐데…

한동안 서성이다 문자를 확인했다.

-나두 무지무지 기뻐요. 지금 퇴근 할려구요.-

-그래 잘 들가.-

-가면서 문자 할께요.-

-운전중 위험 해. 내일 해.-

-네, 뭐라고 부를까요. 이름은 알아야지요.-

-그 요자 빼고 쿨하게 서울, 파주 그렇게 부르자.-

-편할 대로 하세요^^-

사내는 아직도 요 자를 떼어내지 못했다.

-요자 떼버려.-

-알써. 오늘 기분 최고~ ㅎㅎ 편안한 밤 보내구 잘 자영~ 쪼옥~^^-

-차 운전 중에 문자 보내지 말랬지? 사고 나면 어쩌려고.-

-^^ 염려 고마워요. 낼 안부 문자 넣을 껭 안녕.-

그때 시간이 1시 20분이었다.

참 점잖은 사람이네.

옆집 혼녀 말로는 바로 만나자고 한다던데.

야한 야기도 없고…

설자는 밤새도록 잠이 오지 않았다.

불씨처럼 남은 젊음이 혈맥을 타고 모두 하체로 모여든다.

몸이 사랑 먹고 싶다고 칭얼댄다. 온 몸이 꽈배기처럼 틀어진다.

나팔꽃 덩굴손처럼 무엇인가 휘감고 돌도 싶다.

텔레비전을 틀어보니 모두 진한 사랑 장면, 포르노 영화가 방영되고 있다.

눈이 아프도록 보아도 갈증을 해결 할 길은 없고 입은 점점 더 빠싹 바싹 말랐다.

혼자 할 수 있는 사랑은 없을까.

아프지 않은 사랑의 비결은 무엇일까.

아름답게 보내는 길은 파주 사내 만이 가진 묘한 비결이 있는 것일까?

설자는 그 사내의 사랑법을 배우고 싶었다.

설자는 텔레비도 끄고 까만 천정을 바라보고 벌렁 누웠다.

실오락 하나 걸치지 않은 나신을 한 번의 상면도 없는 낯선 사내에게 보여 준다 생각하니 부끄럽다는 생각보다 몸이 불덩이처럼 달아올랐다.

-아!-

색성을 토하고 싶은 몸부림에 비몽사몽 꿈속에서 한 사내를 감고 비경에 빠져 들어 있는데

'따르릉.'

문자가 도착했다.

-좋은 꿈 꾸었낭?-

벌써 9시, 해가 중천을 향하고 있었다.

파주 사내다.

쉴 사이 없이 문자가 들어 왔다.

-보고 싶어 누나, 잠 한숨 못 잤어. 일이 손에 잡히지 않아, 오늘 보고 싶어. 내가 달려갈께. 왜 이리 하루가 길까.-

바떼리가 다 나갈 정도로 문자가 들어오더니 이젠 음성이 달려 왔다.

-아니. 아프지 않은 사랑의 비결이 있다더니 만나기도 전에 아프잖아!-

-이건 아픈 게 아니라 좋은 거지 ㅎㅎㅎ-

-일 손해 보고 마음 닳고 그게 아픈 거지.-

-누나, 직원들 일 시켜 놓고 나 밖에 나와서 전화하는 거야.

일 능률 올리고 신 바람나고 이게 아파? 보고 싶당.-

드디어 어둠이 어둑어둑 다가오는데 까만 에쿠스 한 대가 미끄럼 타듯 육교 밑에 멈췄다.

핸드폰을 들고 설자와 통화를 하던 드리이브가 창을 열며 반긴다.

첫 인상에 연상이라는 것을 눈치 챈 드리이브가 선뜻 반말을 건네지 못하며 얼버무리며, 설자가 내민 손을 잡았다.

-반가와, 한강 시민공원 어때?-

설자가 리더의 키를 눌렀다.

-??-

예상이 빗나간 드리이브가 고개를 갸웃둥 당황한 기색이 역력했다.

-저녁 식사 해야지?-

설자가 말했다.

-전 회사에서 간단히 했는데 시장하세요?-

-아니, 대화 할 마땅한 장소가 없잖아. 아닌가?-

-대화는 충분했다고 생각하는데…-

사내가 말을 잇지 못하고 말꼬리를 흐렸다.

-그럼 가까운 찻집으로.-

주변을 몇 바퀴 돌아도 마땅한 찻집이 없어 호프집으로 들어갔다.

사내 앞에는 사이다가 놓이고, 설자 앞에는 닭발 안주와 소주 한 병이 놓였다.

사내는 얼굴이 벌겋게 상기된 채 입맛을 쩝쩝 다셨다.

-왜 그래?-

-대화는 이미 끝난 거 아닌가?-

-그럼 만나자는 이유가 이거 아니었어?

좀더 진실한 대화가 필요하지 않아?-

설자가 그의 불만스런 태도에 언성이 조금 높아졌다.

-우리 만남이 결혼 목표가 아니잖아?-

-그래, 알아.-

-챗방에서 진실을 찾으셨다면 큰 오산이야. 누나.-

-애 좀 봐. 그럼 넌 뭘 찾니?-

-챗방이 왜 있는 건지 정말 모르세요?
누나는 왜 그 방에 오셨는데요?-

-아픔 없는 사랑이 있다면서.-

-있지요, 있고말고요. 여기 챗방.
아름다운 이별도 있구요.-

-그래 난 그걸 확인하고 싶어서 널 만난 거야.-

-그럼 됐네요. 가시지요.-

-어딜가?-

-아픔 없는 사랑으로의 직행 열차를 타러 가야지요.-

-그런 열차가 있어?-

-왜 이러세요. 누나 바보에요?-

대화의 아귀가 점점 틀어지고 있었다.

동상이몽이다.

-미안해요. 난 이런 세계인지 모르고 좋은 사람들 만
나 생각을 공유하고 좋은 대화만으로 족한 줄 알았어요.

좋은 공부했네요.-

설자는 차비에 용돈을 좀 넣어 그에게 내밀었다.

-알았어 누나. 다음에 생각나면 연락 해.-

-내 명함이야.-

사내는 아무소리 않고 설자가 주는 봉투를 받아 넣었다. 그리고 그는 전화번호만 커다랗게 써 있는 명함 하나를 내 놓고 횡하니 나가버렸다.

설자는 사라지는 그 사내의 뒷모습을 멍하니 바라보며 헤슬피 웃었다.

편리한 세상이구나.

여자 남자가 별도로 필요치 않은 세상, 입맛대로 골라 먹는 식품 가게와 다를 바가 없는 성문화, 이곳이 독신자를 부축이고 있다는 생각을 하고 있을 때 파주 사내가 다시 들어왔다.

-누나, 나 그냥은 못 가겠어. 대화라도 더 나누고 가야겠어.-

파주 사내가 나가려던 설자를 자리에 앉혔다.

3. 인스턴트 사랑

한 마디로 챗방은 인간 시장이다.

남자는 여자를 여자는 남자를 만나기 위한 사이버 공간이다.

진실, 가치관, 미래가 없는 오직 현실만 존재한다.

본능으로의 유희

1회용 사랑을 위해 접속해 있는 사람들이다.

커피를 밤새워 끓이는 것은 용광로처럼 끓는 가슴이며 오직 만남이 성립되기 위한 작업, 섹스를 위한 전 단계일 뿐이다.

대화명을 수시로 바꾸어 가며 채팅을 기다리는 여자

탱자, 봉자, 미소, 장미, 꽃님…

아름다움의 상징 또는 순진함 또는 착한 의미의 대화명은 꽃이 지닌 속성의 향기이다.

드리이브, 파워, 기둥, 소낙비, 사자, 불끈. 유혹의 미끼를 내세워 대화가 성립되기를 유혹하는 남자들의 대화명은 한결같이 부의 상징이거나 심볼의 우수성을 내세우고 있다.

－드리이브－

설자가 드리이브 대화 신청에 응하도록 유도한 것도 이혼녀의 안목이고 설자도 그 뜻을 어렴풋이 기대했기 때문이다. 보탬은 되지 못해도 뜯기지는 말아야 한다는 경제적 논리다.

파주 사내의 목적도 설자의 선택도 모두 일치한 순간 만남의 진도가 나간 것이다.

자판기 대화, 문자, 음성, 만남의 단계를 거쳐 지금 둘은 만났다.

-이야기 끝났잖아. 그럼 지금 여관엘 가자는 거야?-

-당근이지. 아니면 내가 그 먼 곳에서 왜 왔겠어.-

-어마 난 아녀. 만나서 대화하며 좀 더 진실하고 가치관을 공유하고 사고의 폭을 좁히고.-

-아니 이 챗방에서 가치관을 찾고 진실을 찾아?

뭔가 잘못 알고 있는 게 아닌가. 그럼 이곳에 오지 말아야지요.-

갑자기 친구처럼 다정했던 언어가 돌변했다.

-어머나 그럼 모든 남자가 다 그래?-

-다 당근이지요. 그럼 여기가 결혼상담소에요?-

-어마 짐승 같다.-

-맞아요, 똑같이 짐승이 되고 싶어 짝을 찾는 거라구요.-

-미안 해 어쩌니.-

-기만 당한 기분 알아요?

나 먼저 번에 또 이상한 여잘 만났어요.

차라리 그 여자가 더 나아요.-

파주 사내는 일전에 만난 여시를 잠시 떠올렸다.

　인천에 산다는 백조 여자, 그녀는 먼 길을 달려온 드라이브에게 말했다.

　-나 배고파.-

　백조가 들어간 곳은 월미도 횟집이었다.

　-좋은 차 끌고 다니는 걸보니 잘 사나보다 자기. 나 만날 때마다 용돈 얼마나 줄 수 있어?-

　-뭔 용돈?-

　-나 백조라는 거 알고 나왔잖아? 매회 10만원씩만 줘.-

　-그래? 쿨 한 만남 아니고 조건이 있었어? 못 하겠는데.-

　-그래 그럼 안 되겠다.-

　그녀가 가방을 메고 자리에서 일어났다.

　-뭐 이런 경우가 다 있어. 그럼 그냥 돌아가?-

　드라이브가 불쾌감을 나타냈다.

　-아니 사전에 말 못 했으니 헛걸음 시킬 수야 없지. 나도 사랑 고프니까 먹자.-

　인천 여자 백조는 여관으로 가서 쿨하게 서로를 안았다.

　파주 사내는 그녀와의 일을 이야기하며

한 밤중 가슴에 커피를 끓이는 인어 낚시

-그 정도의 배려는 못 할망정 누나 정말 그렇게 살지
마.

내 이야기는 적어도 상식이며 챗방의 생리야. 알아?-

-그럼 세대 차일까?-

-누나가 원하는 게 뭐야 본능적 충족이잖아.

그럼 그 본능에 충실하면 되는 거지,

거기에 무슨 가치 양심 도덕?

더구나 진실을 여기서 찾아.-

-네 말대로 여긴 1회용 사랑, 정신 빼버린 인스턴트
육욕 불리기다. 이거지.-

-내숭 떠는 거야? 뭐야? 솔직히 말하면 그렇지.-

-어머나. 그럼 정신을 빼내 버린 육체적 놀이?-

-누가 그 생각 자체가 에고. 독선이야 독선!-

-무슨 독선!-

-나에게 선택의 자유를 주지 않고 누나 생각만 고수
하자는 생각.-

-어머, 너 참 피곤한 애다. 너 그러면 사랑 못 받아.-

-글쎄 누나가 생각하는 사랑은 없는 곳이야.-

-어마 그럼 아프지 않은 사랑이 바로 이런 사랑이
야?-

-그래요. 아프지 않은 사랑, 그 아픔이 없으니 얼마나

좋아요. 마음 주지 않아도 되는 사랑. 쿨, 쿨한 사랑.-

-그럼 이미 사랑이 아니지. 그냥 부르는 이름이지.-

-피곤하긴 그쪽이 더 피곤하네요. 괴팍한 것도 아니고 뭐야. 그딴 식으로 젊은 애들 갖고 놀지 말라요.-

설자 얼굴이 발갛게 달아올랐다.

설자는 자기가 올 자리가 아니라는 걸 알았다.

나이보다 젊게 산다고 자부한 자신이 부끄러웠다.

-오늘 계산은 내가 할께.-

-오늘? 그럼 내일도 있다고 생각하는 거야.-

-어마, 너 뻔식이다. 내일이 없는 만남, 너무 삭막하고 무섭다.-

-서로 편안한 거야 자유, 불필요한 거추장 거림 없이 더 적극적인 여자들도 많아.

나이 들었기에 편안 할 줄 알았지, 정말 몰랐다.

실망, 절망, 불쾌, 괘씸, 또 뭐랄까….

나쁜 놈 같으면 기름값, 술값, 다 몇 배로 물리고 주먹한 대 날리고 가겠지만, 봉투 받았으니까 똥 밟았다 생각할께. 내 주말 다 버렸다.-

드리이브가 자리에서 벌떡 일어났다. 설자도 일어났다.

-따라 나오지 마.-

살기에 찬 불 호령이 떨어졌다.

사내의 뒤 꼭지를 멍하니 바라보던 설자는 피씨방으로 달려가 챗방문을 열었다.

대화창이 떴다.

-나 지금 욕 바가지로 먹고 왔엉!-

-왜?-

-너도 그래? 대화 끝에 만나면 바로 여관 가는 거야?-

-ㅎㅎㅎ 왜요?-

-만나기로 하여 나갔더니 여관 가자는 거야.-

-아니라 했더니 욕바가지로 퍼붓는 거야.-

-ㅎㅎㅎ 맞는 뎅.-

-여긴 도덕도 없고 진실도 없고 가치관도 없는 벌레처럼 그 짓만 생각하려고 낚시하는 거야?-

-ㅎㅎㅎ 서로 낚는 거지요.-

-웃지 말고 말해.-

-실성한 사람 같아요. ㅎㅎㅎ-

-그래, 나 실성했다 낮에 머리에 꽃 꽂고 뛰어 다녔다 됐니?-

-ㅎㅎㅎ-

-아니면 낚지 마세요.-

-너도 짐승이구나.-

-당근. 여긴 오직 섹스 해결 처^^-

-아니. 똥바가지 퍼 불 방이구나.-

-누난 왜 왔는데요? 사랑의 목마름 없나요?-

-있으니 왔지. 대화로 풀고.-

-그랬으니 만나서 몸으로 푸는 거 당근이지요. 메롱.-

대화창이 사라졌다.

설자는 황당했다

홍등가, 음성적인 성매매가 가끔 문제가 되긴 해도 빨간 조명등 아래 드레스가 보이는 통유리 안 여인 상품이 정부 방침에 의해 사라졌다.

그러나 살아 있는 생명이 갈구하는 凹凸의 본능적 쾌락을 해결할 길이 없어서 인가, 사이버 세상 게임 방 챗방은 대단하게 살쪘다.

20대 1방 2방. 30대 1방 2방, 40대 1방 2방, 한방의 접속이 1,000명을 육박한다.

나이든 60대 혹은 50대도 있지만 주로 젊은이들을 상대한 채팅방 개설이다.

'밤이나 낮이나 모니터에 매달려 섹스 대상을 찾는 인간낚시에 혈안이 되어 있다.'

남자와 여자 중 누가 더 많다는 비율을 논할 수 없도록 여자와 남자의 숫자가 비슷하다.

모두 독신녀 독신남이 아니라는 점에 놀란다.

가정을 가진 유부남 유부녀도 부지기수다.

설자는 신세대와 잘 어울린다고 자부하며 스스로 앞서가는 여인이라 칭했다.

보다 더 젊은 세대와 호흡하며 페미니즘적 사고를 가지고 산다 생각했는데 오늘 너무 많은 충격을 받았다. 막을 수 없는 세대 차다. 도덕 교육이 무색 해졌다.

가치관은 찾아 볼 수가 없다.

챗방에서는 오직 본능적 유희. 육체적 게임 혹은 스포츠 정도로 본다.

설자는 채팅이 현실적 공간을 어떻게 보아야 할 것인가? 챗방의 존재성을 가치로 부여 할 필요가 있을까? 음성적으로 자라는 막을 수 없는 현대판 성놀이 문화는 거부할 수 없는 시대적 밀물에 어떻게 대처해야 할 것인가?

긴 고민을 하면서 점점 물들어 가는 아이러니한 삶에 물들어가는 것은 아닐까?

배고픈 신발과 정고픈 가슴

큰 신발을 신고 다니는 사람이 있었다.
세 켤레의 신발을 번갈아가며 신고 다니는 사내다.

말하자면 신발부자다.
중형신발 하나 소형신발 둘
그 신발은 배가 불러야 발작을 뗄 수 있는 신발이다.
신발주인, 그 사내는 흐드러지게 웃는 재주를 가지고
있었다.
웃음도 돈을 주고 사는 세상이라 마땅히 살 곳을 모르
는 한 여인이 그 사내를 만났다.

-사랑과 돈, 둘 중 어느 것을 잡으시겠어요?-
여인은 질문을 던지고 까만 눈에 반짝 불을 켰다.
'갖겠다고 나서면 어떻게 하지?'
여인은 자문을 하곤 사내를 빤히 바라보았다.

허 하 허 하 허 하~ 사내는 한동안 웃음을 퍼 날랐다.

웃음소리에 자문을 희석하며 답을 기다리던 여인도 함께 '호호호호호호' 웃었다.

'잡으면 주겠다 이거지.'

-둘다 잡으면 안돼요?-

이번엔 자문을 하던 사내가 말을 던지곤 한쪽 눈을 찡긋 감았다.

사내의 질문에 여인이 까르르 웃었다. 사내도 따라 웃었다.

한동안 웃음꽃이 흐드러지게 피었다.

"둘 중 하나만 잡으세요."

여인이 말했다.

"난 돈."

"난 사랑."

둘은 또 한바탕 웃었다.

사내는 돈을 잡고 여인은 사랑을 잡았다.

배부르게 웃고 나니 여인은 가끔 그 웃음이 그리울 때가 있었다.

외롭고 허전하여 말벗이 필요 할 때 특히 가슴을 불 수세미로 휘젓고 떠나버린 옛 사내가 괘씸하고 보고 싶어 그리움이 목울대를 죄어 올 때 그 사내를 만났다.

　돈을 선택한 사내는 늘 허기진 신발을 끌고 나왔다.
　신발부터 배를 불리고 나서야 먹 거리를 향했다.
　웃을 수 있는 시간은 신발이 배가 불러 신바람을 내는
시간이다.
　둘은 식탁에 마주앉아 식사를 했다.
　만남에 드는 비용은 꼬박꼬박 여인이 지불했다.

　사랑을 택한 여인은 사랑 마중 길로 사내와 함께 취미
방 들었다.
　마침 취미가 맞는 구석이 있어 다행이었다.
　손잡고 노래에 맞춰 운동장돌기다.
　사내는 여인의 몸 가꾸기 도우미로, 여인은 사랑마중
길로, 동상이몽 운동장돌기를 했다.
　사내의 봉사 시간은 여인의 몸에서 땀이 날 때까지
불과 20분 정도다.

　집에 돌아 온 여인이 계산서를 들여다보았다.
　신발 밥값 3만원, 두 몸 밥값 2만 6천원, 운동장돌기
4천원, 처음엔 고개를 갸우뚱 했다.

계산이 맞지 않는다는 생각이다.

그리곤 얼마 후 사내로부터 손 전화 모니터에 문자 부름이 올라왔다.
-날씨가 좋네요. 운동 할까요?-
늘 외로움에 가슴 헐렁한 여인은 기다렸다는 듯 허발을 하고 달려 나갔다.
만남의 코스는 한 치 어긋남이 없이 신발 밥 먹이기, 사내와 밥 먹기 그리고 운동장 돌기다.

쥐꼬리 보다 짧은 만남,
갈증 나는 시간을 신발 밥 먹이러가는 길목에 다 퍼버리고 먹거리 촌을 찾는 길가에 흘고 나면 둘이 웃을 수 있는 시간은 불과 몇 분이다.
기다리는 사랑은 올 생각도 없이 만남부터 헤짐까지 갈증의 연속이다.
웃음 한 소절 가슴에 담아 오긴 했지만 집에 돌아온 여인은 더 큰 풍랑에 밤을 하얗게 새우곤 했다.
이런 되풀이 만남은 아직도 계속되고 있다.

어느 날 여인이 겨울나기 김장 장을 보러 나갔다.

카페방 인어 낚시

알타리무 한 단에 천원, 만원이 큰 돈이라는 걸 느끼고 돌아왔다.

그리곤 카드사로부터 계산서가 날이 들었다.

여인은 생각에 잠겼다.

왜 그 비싼 돈을 주고 그 사내의 웃음을 사야 하며 (기대를 버리지 못하는 愛벌레?)

그 사내는 왜 신발이 배가 고프면 꼭 널 찾는 거야? (널 봉으로 아는 金벌레?)

'사랑 말고 날씬한 몸 가꾸기를 위한 도우미라도 그렇지, 세 바퀴는 족히 돌아 주어야지.

겨우 한 바퀴? 막말로 그 사내 없이 운동장 못 돌아? 웃음 값? 나만 좋았나?'

아무리 생각해도 수학공식처럼 명쾌한 답이 나오지 않는다.

'난 정말 수학은 0점이구나.'

답을 얻지 못한 여인은 아직도 고개를 갸우뚱 하고 있는데 손전화에 별이 반짝 빛났다.

-겨울날씨답지 않게 포근하네요. 운동 할까요?-

-o.k.-

'어려운 수학 문제는 다음에 풀고 이번만 나갔다 오

자.'

여인은 웃음자료를 주섬주섬 챙겨 가방에 넣고 거울을 본다.

　-배고픈 신발과 정고픈 가슴

보나마다 밑지는 장사인데 계산은 왜 하나.-

대문을 지킴이 수문장 백구가 소리 높여 컹컹 짖어댄다.

　-백구야, 다녀올게 집 잘 봐.-

대문을 열자 벌써 허기진 신발이 털털거리며 골목으로 들어선다.

빗방울이 후두둑 떨어진다.

'어? 비가 오네. 기도 끝에 오는 비는 무량수복이라는데.'

오늘은 가슴 가득 행복을 안고 올 양 여인은 활짝 웃는다.

아름다운 짝사랑

1.

어느 날부터인가 꽃띠마음 속에 소원이 하나 생겼습니다.

주기만 하던 가슴이 받고 싶어집니다.

단골새로부터 메아리를 기다립니다.

사랑한다는 말이 아니라 해도 고맙다는 말 한마디, 수고 한다는 말 한마디, 앨 쓴다는 말 한마디 듣고 싶었습니다.

말 선물, 마음의 선물 하나 받아 보지 못한 꽃띠에게 욕심이 생겼습니다.

그건 눈에 보이는 선물을 받고 싶다는 것입니다.

"꽃띠야, 마음이 오지 않는데 보이는 선물이 당기나 하냐?

아예 기대를 말거라. 마음만 다친다."

바람아저씨가 소원을 접으라고 말하십니다.

그러나 꽃띠는 소망 하나 쯤은 안고 살고 싶습니다. 그래서 단골새의 마음이 담긴 선물을 소원합니다.

'단골새야, 너에게만은 선물을 받고 싶어. 정의 표시로 네 그 예쁜 깃털 하나 줄래?'

그러나 마음 뿐 말 한마디 못합니다.

호랑나비가 준 호박반지, 흰나비가 준 별 목걸이, 풍뎅이가 준 스카프.

하다 못해 얌체 무당벌레가 준 꽃부채도 있지만, 정작 받고 싶은 단골새 선물은 작은 먼지 하나 없습니다.

꽃띠의 속 마음은 단골새에게 졸라서라도 선물 하나 받고 싶습니다.

[깃털은 자기 분신이니까 사랑하는 사람에게만 주겠지?

너무 큰 욕심을 부렸나 봐, 그럼 꽃 한 송이? 그것도 안 돼.

꽃의 의미는 사랑인데? 날 사랑하지 않는 단골새가 꽃 선물 말도 안 돼.

그럼 머리 핀? 아냐, 여자의 속옷이나 핀은 모두 사랑의 징표랬어,

그래 단골새가 좋아하는 네 잎 크로바가 좋겠다.

아니야, 행운은 단골새가 가져야 돼.

나는 세 잎 크로바를 달라고 하자. 우정은 나누어야 좋은 거니까?

그건 달라면 줄 수 있을 거야.]

꽃띠는 작은 선물을 정하고 기도했습니다.

그러나 그럴 리는 없겠지만 주는 꽃띠가 받고 싶어하는 눈치를 챘는지 단골새가 통 보이질 않습니다.

꽃띠는 매일 동구 밖에 나가 단골새를 기다립니다.

어제도 오늘도 줄곧 기다립니다. 그러나 단골새는 나타나지 않습니다.

일주일이 가고 한 달이 가고 이젠 해가 바뀌도록 보이지 않습니다.

'내가 벌 받아서 그래. 주기만하면서 살아야 되는 들꽃인데, 받고 싶다는 사치스런 생각을 해서 벌 받은 거야.'

꽃띠는 후회하고 자책하며 끙끙 앓아눕습니다.

꿀샘도 고장 나고 꽃가루도 바닥이 나고 꽃잎마저 퇴색됩니다.

'단골새가 병이 났으면 어쩌지? 날 사랑하지 않더라도 내가 준 꿀과 꽃가루, 꽃향기가 고마워서라도 고맙다는 마음 하나만으로도 날아 올 단골새 인데. 웬 일일까?'

아름다운 짝사랑

병석에 누워서도 꽃띠는 단골새를 걱정입니다.

어느 날 바람아저씨가 왔습니다.

"꽃띠야, 정신 차려라.

너와 인연은 끝난 새라 생각해라.

단골새는 다른 꽃밭으로 갔단다."

"아저씨, 단골새는 장미꽃밭, 달맞이꽃밭을 다니면서도 저에게 왔었는걸요? 다시 올 거에요."

"저리도 순진한 것. 지금은 찔레꽃 향기 계절이야.

아마 올해는 안 올 거다.

마음 쓰지 말고 건강을 찾으렴."

바람아저씨의 말이 믿어지지 않습니다.

그래도 건강하다니 반갑습니다.

2.

꽃띠가 정신을 차리고 몸을 추스려 단골새를 찾아 나섭니다.

그러나 그림자도 보지 못하고 돌아옵니다.

-주기만 하는 운명에 받고자 함은 우주의 질서를 무너뜨림이다. 더구나 오는 복을 받음이 아니고 원하여 받고사 함은 욕심이며 순리의 역행이니라.-

돌아오는 길에 하늘 소리를 들었습니다.

'죄송합니다. 받고자 함을 용서하소서.

단골새의 모습만 먼발치에서 볼 수 있게 하소서.'

꽃띠는 기도합니다.

그러던 어느 날 느닷없이 단골새가 전화를 했습니다.

"어머나, 이게 누구야? 단골새 아니니?"

꽃띠가 반가와 소리치자 단골새가 말을 가로 챕니다.

"어, 꽃띠야. 나, 호랑나비 잔치에 갈 건데, 너도 올 거지?

거기서 나하고 친한 척 하지마."

"알았어. 단골새야. 오랜만이다. 그간 어떻게 지냈어?"

꽃띠가 말 했지만 이미 전화는 끊긴 상태입니다.

'뭐가 그리 급해서 금방 끊었을까?

목소리라도 듣고 싶었는데. 목소리가 건강한 걸 보니 다행이야.'

꽃띠는 반갑고 안타까움에 발을 동동 구릅니다.

'호랑나비 잔치에 온다고? 친한 척 하지 말라고?

웃겨 지가 언제 나하고 친했나? 나 혼자만 좋아 했는데, 혹 눈치 챘나? 그럼 내가 부끄러운데. 어찌 되었건 모습을 볼 수 있으니 다행이야.'

꽃띠는 가슴이 설렙니다.

안부도 없이 무뢰한 부탁만 하고 전화를 끊었는데도 섭섭한 생각보다 만날 수 있다는 기대에 가슴이 부픕니다.

호랑나비 잔칫날이 하루가 열흘처럼 길게 느껴집니다.

며칠 후 호랑나비 생일잔치에 갔습니다. 꽃띠는 예쁘게 치장을 하고 갔습니다.

오직 단골새를 볼 수 있어 신바람을 내며 갔습니다.

꽃띠는 다른 이웃들에게 인사를 나누면서도 단골새를 찾느라고 눈이 바쁩니다.

멋진 단골새가 유명 인사들과 악수를 나눕니다.

꽃띠는 멀찌감치 서서 단골새를 봅니다. 많은 꽃들이 단골새를 에워쌉니다.

팬이 많이 생긴 걸보니 단골새가 부쩍 커 보입니다.

단골새는 이 꽃 저 꽃 바삐 돌아다니며 악수를 하더니 흑장미 옆으로 갑니다.

갑자기 흑장미 꽃잎을 콕콕 쪼며 상처내기를 합니다. 놀란 듯 흑장미는 얼른 자리를 피합니다. 불만이 많은 표정으로 단골새가 꽃띠에게 옵니다.

"여전하군."

"왜 그동안 날개를 접었니?"

"내가 떠나도 신수가 훤한데? 비결은?"

단골새가 볼멘소리로 묻습니다.

'네가 날개 접은 다음에 나, 죽다가 살았어.'

꽃띠는 목에까지 올라오는 말을 안으로 구겨 넣고 빙그레 웃습니다.

"꽃띠야, 내가 모자 사줄게, 5만 원짜리로."

단골새가 말합니다.

꽃띠는 너무 뜻밖이라 대답을 못하고 눈을 동그랗게 뜹니다.

"싫어?"

단골새가 재차 묻습니다.

"아냐, 정말?"

단골새가 힘주어 고개를 크게 끄덕입니다.

꽃띠는 하필이면 왜 5만 원짜리냐고 묻지 않았습니다.

다만 모자를 쓴 꽃여인에게 마음 주고 상처를 받은 모양이라고 생각 했습니다.

준다는 걸 뿌리치는 것도 죄입니다.

오는 사랑을 거부하는 것도 죄입니다. 준다는 마음만 받아도 행복합니다.

꽃띠는 그날부터 잠을 이루지 못합니다.

아름다운 짝사랑

주겠다는 마음이 고마워 잠을 이룰 수가 없습니다.

꽃띠는 모자 선물을 받는다는 기쁨으로 몇 날은 설레며 꿈속에서 살았습니다.

그러나 요즘은 하루가 열흘처럼 깁니다.

가슴 설레며 기다리다 지금은 지루합니다.

모자를 사주겠다던 단골새가 소식이 없기 때문입니다.

그렇다고 모자를 사달라고 전화를 할 수는 없습니다.

약속이 부도나도 어쩔 수 없지만 약속이니까 언젠가는 지켜질 거라고 믿습니다.

시간이 흘러갑니다. 날이 달이 되고 달이 해가 됩니다.

모자 철이 훌쩍 지나갑니다.

모자 철을 몇 날 남긴 어느 날 우연이, 아주 우연이 단골새를 만났습니다.

"또 만났네."

단골새가 어색한 인사를 합니다.

단골새는 약속을 까맣게 잊은 모양입니다.

갑작스런 만남이라 꿀도, 꽃가루도 준비되지 않아 줄 수가 없습니다.

"어쩌지? 줄 것이 없네. 차나 한 잔 할까?"

꽃띠가 제안 합니다.

"차는 뭐. 나, 그냥 집에 돌아가 쉬는 게 좋겠어."

단골새가 사양합니다.

꽃띠가 꽃시계를 봅니다. 아직 집으로 갈 시간은 한 시간이나 남았습니다.

오늘 놓쳐버리면 영영 단골새를 보지 못할 것 같습니다. 꽃띠가 용기를 냅니다.

"모자, 언제 사줄거니?"

꽃띠가 기어들어가는 목소리로 말했습니다.

까맣게 잊고 있었는데 독촉 아닌 독촉에 단골새가 당황합니다.

주기만 하던 꽃띠가 달라는 것은 이번이 처음이니까 놀랄 만도 합니다.

보다 받기를 작정하고 지나간 말을 기억하고 있다는 것이 더욱 놀라운 모양입니다.

주기만하는 꽃인 줄 알았는데 받겠다고 하니 더더욱 놀랍습니다.

"신기하군. 지금 사지 뭐."

"정말?"

오랜만에 꽃띠가 활짝 웃습니다.

모자 선물도 기쁘지만 아주 오랜만에 단골새의 날개를 잡고 날 수 있다는 것이 더 기쁩니다.

둘은 백화점으로 들어갑니다.

단골새가 걸음을 멈추고 안내원에게 묻습니다.

"모자 파는 점포는 어디에 있습니까?"

시간을 절약하자는 단골새의 합리적인 생각 덕분에 복잡한 경로를 거치지 않고 곧 모자점으로 왔습니다.

멋진 모자가 너무너무 많습니다. 10만원, 8만원, 5만원, 3만원…. 모양도 가지가지 값도 가지가지입니다.

단골새와 꽃띠는 모자점을 다 돌며 이 모자 저 모자, 번갈아 써 보고 값도 알아보았습니다.

멋있는 모자, 어울리는 모자는 너무 비싸서 엄두를 내지 못했습니다.

단골새는 약속대로 5만 원짜리를 고집했지만 꽃띠는 벌새의 주머니사정을 먼저 생각합니다.

"이게 좋겠다."

꽃띠는 3만 원짜리 모자를 집어 듭니다.

단골새는 흡족하지 못하지만 꽃띠의 뜻에 따릅니다.

"고마워. 널 생각하며 잘 쓸께."

꽃띠는 단골새로부터 선물을 받아 너무너무 기쁩니

다.

3.
　지금 단골새는 떠나고 없습니다.
　꽃띠에게 머물던 마음마저도 가지고 떠났습니다.
　새 보금을 마련한 단골새 주변을 빙빙 돌던 짝사랑이 잠든 건 아니지만 꽃띠는 모자를 보고 단골새를 느낍니다.
　단골새의 깃털 선물만은 못하지만 단골새가 스스로 주겠다고 한 선물이기에 더욱 소중합니다.
　달라고 해서 마침표를 찍은 선물이지만 단골새의 마음이 조금은 들어 있다는 생각입니다.
　모자는 단골새의 일부가 되어 꽃띠와 함께 삽니다. 모자를 쓰면 단골새와 함께 하는 외출입니다. 모자를 쓰면 단골새의 품에 안긴 듯 포근합니다. 모자는 아린 그리움 너머 꿀을 빚어 주던 추억을 가져옵니다.
　모자는 설레던 봄빛 추억, 여름 칸나꽃처럼 붉고 뜨거웠던 이야기, 아름다운 그림 위로 단골새와 나란히 걸었던 행복을 가져옵니다.
　모자를 보면 단골새의 날갯짓이 보입니다.
　그리고 자신의 행복을 발견합니다.

단골새가 떠나 낙조의 슬픔처럼 아름다운 이별에 가슴 저미었는데, 이젠 단골새가 다시 돌아 온 듯합니다.

오늘 꽃띠는 외출을 합니다.
모자 선물을 받고는 부쩍 외출이 잦아집니다.
단골새가 보고 싶으면, 단골새 마음을 잡고 싶으면, 모자를 통해 단골새의 마음을 느끼기 때문입니다.
모자를 걸어 놓고 보면 날개 접은 단골새처럼 느껴집니다.
모자를 쓰면 단골새가 자신의 일부로 다가온 느낌입니다.
꽃띠는 모자를 씁니다.
단골새가 꽃반에 앉은 듯 든든하고 편안합니다.
"단골새야 내 냄새 어때? 향기 여전하지? 넌 이제 모자가 된 거야.
단골새야, 내 몸과 마음을 몽땅 너에게 준 거야.
내 스스로 모자 속에 나를 넣어 버렸거든.
도망가고 싶어도 무거워서 못 갈 걸?
단골새야, 난 지금 행복해.
둥글고 큰 모자 입이 몽땅 나를 삼켜도 좋고 꽃가루떡이랑 꿀도 몽땅 네가 먹어버리렴.

참 향기도 네게 빨려 들어가 너로 살 거야."

꽃띠는 지금 모자가 된 단골새와 하나가 되어 외출을
합니다.
함께 긴 여행을 떠납니다.
행복한 여행입니다.
여행길에서 사람들이 보고
-어마, 꽃띠가 모자를 썼네?- 하며 놀라면
-응 선물 받은 거야- 하고 뽐낼 생각입니다.
-누구한테 받은 선물인데?- 하고 물으면
단골새라고 말하지 않고 빙그레 웃을 생각입니다.

모자!
단골새가 사준 선물,
단골새와 함께 산 모자,
꽃띠가 의미를 가득 가득 부여한 살아있는 모자입니
다.
꽃띠는 이날을 위해 그토록 단골새의 선물을 기다렸
나 봅니다.
혼자 이면서 둘이고 싶은 꽃띠의 짝사랑!

꽃띠는 이젠 외롭지 않습니다.
꽃띠는 이젠 단골새가 그립지 않습니다.
그러니까 기다려지지도 않습니다.
궁금하지도 않습니다.

꽃띠는 단골새의 모습과 마음을 몽땅 모자속으로 데려왔나 봅니다.
떠난 단골새는 이제 빈 껍질입니다.
아마 단골새가 꽃띠 아름다운 사랑을 알고
깃털하나 뽑아 모자에 꽂아 준다면
꽃띠는 저 세상까지 행복할 것입니다.

염력이 낳은 기적의 신화

1.

　기적을 꿈꾸는 만년 소녀. 그 여인은 꽃소녀다.

　-생각이 생각을 낳고 생각은 실천을 낳고 실천은 현실이 된다.-

　다시 말하여 그녀는 염력을 믿는다.

　이것이 그녀가 믿고 행하는 삶의 철학이다.

　그러나 그렇게도 잡고 싶었던 세월은 어떤 간절한 바람에도 아랑 곳 없이 흘러 그녀는 할미꽃이 되어가고 있었다.

　그러나 육신은 늙어도 마음이 늙지 않아 가끔 이중적 생각에 갈등한다.

　아직도 마음은 설렘이 가득한 꽃소녀다.

2.

　어느 날 그녀는 겨울나들이를 떠났다.

동행은 호기심 많은 육신이 젊은 사내 꽃남이다.

운전대는 사내가 잡고 서해안 바닷가를 향했다.

-겨울 바다.-

대부도를 지나 제부도에 이르는 물길을 바라보았다.

바닷물로 가득했던 바닷물은 어느새 사라지고 제부도를 잇는 길이 선명하게 드러났다.

-아, 자연의 오묘한 섭리여! 이렇게 물길 트이듯 내게도 썰었던 젊음, 사랑이 올 수 있기를…-

그녀는 합장을 하고 용왕님께 염력에 가까운 간절한 발원을 올렸다.

-좀 천천히 가자. 이 기적의 길에 염력을 넣어야겠어.-

그녀는 나직이 속삭였다. 그리고 바다를 향해 무언의 염력을 보냈다. 속도를 늦춘 승용차는 바다를 가로지른 아스팔트길을 서서히 기어 제부도로 들어갔다.

제부도에 들자마자 그녀의 귓가에 기적의 메시지가 당도했다.

-사랑에 갇히고 싶으냐 이 물길을 닫아주랴?-

꽃소녀는 자신의 귀를 의심했다.

여인의 가슴에 잔잔한 파도가 일기시작 할 때 꽃남

젊은 사내는 새로운 개척지 무인도를 향해 꿈 날개를 펴고 있었다.

-아니 벌써 나가게? 물 들어올 시간 아직 멀었는데….-

여인을 더 머물고 싶었으나 젊은 호기심을 이길 수 없었다.

같은 바다를 바라보며 동상이몽의 꿈에 잠겨 있는 꽃소녀와 꽃남, 둘은 바지락 칼국수로 허기를 면했다.

-용왕님 물길을 닫아 몸을 가둔들 이미 해넘이 길에 지는 꽃이 나비를 앉힐 수 있으리까?-

회심한 미소를 남기고 가벼운 한숨을 날렸다.

누군가 꽃이라 불러 주어도 꽃이 될 수 없는 나이에 서글픈 생각에 잠기어도 제부도 섬에 혼자 남고 싶었으나 여인은 꽃남의 호기심 충족을 위한 다음 행보에 동참했다.

꽃남은 핸들을 잡고 부랴부랴 제부도를 빠져 나왔다.

해가 지고 있었다.

-절묘한 순간, 석양의 아름다움을 잡으러 갑니다.-

꽃남은 해를 따라잡고자 서쪽 바닷길을 달렸다.

-해가 도망가고 있잖아.-

-호기심 충족.-

사내는 외마디 구호를 외치며 정신없이 차를 몰았고 바다로 넘으리라 생각했던 해는 이윽고 큰 산 뒤로 사라져버렸다.

여인은 붉어오는 서녘 구름을 바라보며

-해는 져서 어두운데….-

동심으로 노래 한 소절 읊고 사내는 해 따라잡기 위해 산허리를 허겁지겁 기고 있는데 그녀의 눈앞에 아름다운 진경이 나타났다.

-아! 아방궁이다. 그녀가 외쳤다.-

'어머나 넘 멋진 보금이다.'

햇님이 인도하신 사랑방이 틀림없어.

그녀가 속으로 뇌이며 여인은 꽃나이 시절의 유토피아를 꿈꾸던 그날들을 떠 올렸다

'대실료는 얼마인가요?

둘만의 소꿉방도 있나요?

해 지는 것 보고 올 테니

따뜻하게 데워 놓으세요. 생각에 잠겨 있을 때'.

-해 보기는 글렀고 집 구경 하실래요?-

의의 목소리가 귓가에 멈췄다.

꿈결에 잠겨 있던 노소녀는 목소리마저 상기되었다.

-호호호 그래 들어가 보자.-

꽃남이 도자기 팬션 대문안으로 승용차 머리를 쑤욱 들이밀었다.

-인적이 없는데요, 이젠 꾸미는 중인가봐요.-

-그래?-

-맞춤방 하나 구해 놓고

해넘이 보고 올라 했더니….-

-하하하하 선생님, 소설 한 편 쓰셨군요.-

사내가 웃어넘겼다.

꿈꾸던 맘 소녀의 꿈은 계속 되고 호기심 많은 사내는 잃은 해를 찾아 다시 바다로 난 산길을 길을 찾아 헤맸다.

3.

아름다운 도자기 아방궁을 나온 꽃소녀는 묘한 감정에 휩싸였다. 한마디로 여자이고 싶었다.

마른 나무에 물이 오르고 가지가지 꽃눈자리에 발긋 발긋 꽃봉오리 붉어지듯 온 몸에 새로운 기운 솟구쳤다.

괴테가 70살에 19살 소녀를 사랑했다는 전설같은 이야기가 스쳐갔다.

멋진 사랑의 사나이 카사노바도 얼굴을 내밀었다.

-호호호 별꼴이야.

분명 내가 회춘을 한 게야.

순간적이지만 이 건 햇님과 용왕님이 주신 기적의 선물. 천혜가 틀림없어.

이 나이에 사랑을 시작할 수 있을까.

나비 앉힐 꽃….-

마음 속으로는 도리질 치는데 갈대밭이 시야에 들어왔다.

소담한 갈대꽃이 바람에 술렁거렸다.

사랑을 속삭이는 언어가 들렸다.

알몸이 하나가 되어 물결치는 몸짓이었다.

그녀는 금방 그 갈대 숲으로 달려가 정사의 주인공이 되고 싶다는 충동에 온 몸이 불덩이가 되었다.

'저 철딱서니 없는 사람.

대화나 통할 수 있을 런지…'

그녀는 꽃남에게 마음 들킬세라 조심스럽게 입을 열었다.

-꽃남, 사랑 그 맛을 아나?-

-아이고 선생님, 제가 어린애 인줄 아세요?

이래 뵈도 삼남매의 아빠입니다.-

-호호호 알건 다 안다 이거네.-

-그럼요. 저도 탈을 쓰고 살아서 그렇지 가끔은 짐승입니다.-

짐승이란 말이 나오자 여인은 지나간 일화가 떠올랐다.

-내가 재미있는 이야기 하나 해줄 께.

저 갈대 밭을 봐 어떤 생각이 들어?-

-바다의 꽃 하면 파도와 갈대 아닌가요.-

-어머나 꽃남도 시인이구나.

저 갈대밭 이야기에 귀 기울여 영감을 얻은 시인이 있어.-

-갈대 밭이 무슨 이야기를 했는데요?-

사내가 질문을 하자 여인은 입맛을 쪽 다시고 입을 열었다.

-한 사내가 처음 만난 여자와 함께 갈대 밭에 갔었대.-

-마치 우리 처럼요?-

-호호호 그런 셈이지. 그런데 그 사내는 갑자기 그 여자를 갈대 밭에 눕히고 싶은 충동이 들었대.

그러나 사내는 간신히 이성을 되찾아 감정을 다스리고 갈대밭을 빠져 나와 여인과 나란히 되돌아오는데 갈대가 큰 소리로 외치더라는 거야.-

-외치다니 갈대가 말을 해요?-

-시인의 귀에만 들리는 갈대의 음성이지.-

-뭐라고 외쳤는데요.-

-이 바보야, 너는 그 여인을 누이면 짐승 같은 놈이고 그냥 가면 짐승만도 못한 놈이다.-

-으하하하 말 되네요.-

사내가 호탕하게 웃었다.

-어머나 내가 참 주책이야. 나이 값도 못하고 미안해요.-

여인은 어둠 길에 웃음 한 소절 황황히 주워 담고 집으로 돌아왔다.

4.

그날 밤 그 여인은 꿈을 꾸었다.

바닷가에 등대가 있는 언덕에 꽃소녀가 바다의 요정 인어가 되어 앉아 있었다.

마침 서쪽으로 넘어가던 해가 바다를 가르고 성큼성큼 다가 왔다. 인어는 눈이 부시어 앞을 볼 수가 없었다.

잠시 후 그 해는 금빛나는 왕자가 되어, 인어인 꽃소녀를 향해 정중히 인사를 했다.

카페방 인어 낚시

-당신은 몸도 마음도 아름다운 꽃소녀입니다.

나는 태양, 영원한 사랑의 화신입니다.

당신을 안아도 되겠습니까?-

그리곤 꽃소녀를 뜨겁게 안았다.

여인은 꿈속에서 자지러지게 기쁜 사랑을 체험했다.

-당신은 지금부터 새로 태어난 영생화

복 지은 사람은 당신을 바라만 보아도

모두 젊어지는 기적을 만날 것이고

죽어가던 생명도 깨어날 것입니다.-

왕자는 꿈속에서 이 말을 전해주고 바람처럼 사라졌
다. 깨어나고 싶지 않은 꿈이었다.

꽃소녀는 아주 오랜 만에 여자가 되는 꿈이었다.

황홀하고 신비한 사랑 꿈자리였다.

꽃소녀가 아침에 일어나 부끄러움 가득한 눈빛으로
거울을 똑바로 바라보지 못하고 흘깃 스쳐보았다.

이게 어찌 된 일인가.

얼굴에 주름살이 싹 펴지고 보름달처럼 생기넘치는
30대 그 옛날의 모습이었다.

꽃소녀는 소스라쳐 놀라 자신의 눈을 의심했다.

그러나 현실이었다.

꽃소녀는 꽃여인으로 환생한 것이다.

-어머나 놀라워라. 기적이 일어났어.

동시에 만날 수 없는 해와 달과의 사랑.-

그날 이후 꽃소녀는 사랑보살이 되었다.

생명의 보살이 되었다.

5.

　그날 이후 그녀는 더 큰 사랑을 위해 찰라로 스쳐 영원히 젊어지는 묘행보살로 신화적 존재가 되었다.

　그녀는 사랑을 준비하기 위해 열심히 기도를 했다.

　그리고 그녀는 달과 해가 동시에 머무는 시각에 서해 바다를 종종 찾았다. 그리고 그녀가 앉았던 제부도 빨간 등대는 기적의 자리로 유명해졌다.

　많은 사람들은 그녀의 기적을 믿게 되고 염력이 낮은 기적의 사랑을 만나기 위해 서해 바다를 찾는 발길이 날로 늘어났다.

　오늘도 서해바다 제부도 가는 길은 인파로 붐비고 있었다.

카페방 인어 낚시

저자와의 협의에 의해 인지를 생략합니다

카페방 인어 낚시

2021년 10월 10일 인쇄
2021년 10월 30일 발행

지은이 / 임 향
펴낸이 / 연규석
펴낸곳 / 도서출판 고글

서울특별시 용산구 한강로 40길 18
등록 / 1990년 11월 7일(제302-000049호)
전화 / (02)794-4490, (031)873-7077

값 13,000 원